古田足日さんからのバトン

ありがとう古田足日さんの会 編

かもがわ出版

はじめに

「ありがとう古田足日さん」の本、ありがとう

「ありがとう古田足日さんの会」呼びかけ人
国松俊英

古田足日先生が亡くなられて、1年あまりがたちました。

私には先生がこの世におられないことが、いまだに本当のことと思えません。何かうれしいことがあると、ついはがきを取りだして「先生、こんなことがあったんですよ」と書こうとしたり、電話で知らせたくなったりするのです。でも、もう先生はおられないのだと気がついて、寂しい気持ちになってしまいます。

ある朝、電話機が鳴りました。受話器から、今関信子さんの元気な高い声が聞こえてきました。

「国松さん、去年の秋に提案した〝ありがとう古田足日さん〟の本をつくる会がスタートするんや。国松さんにも呼びかけ人になってもらうさかい、がんばってや」

きっかけは、２０１４年11月29日のことです。東京・神田駿河台の山の上ホテルで「古田足日先生を偲び、文恵夫人を励ます会」が行われました。古田足日児童文学塾、子どもの本・九条の会、新しい戦争児童文学委員会、ゼロの会、四つの会のメンバーが集まって開いた会です。その会が終わりに近づいたころ、今関さんがこんな提案をしました。

「古田足日先生と関わった人たちの思い、先生から学んで今に生きていることなどを書いてもらって、本にして出版したいと思っています。みなさんどうでしょう」

参加者のみんなが賛成し、ばんひろこさん、みおちづるさん、三輪ほう子さんの３人が、その提案を具体的な計画にして進めてくれることになりました。

準備はどんどん進んでいって、四つの会から呼びかけ人を出して、賛同者を集め、本づくりは本格的にスタートしたのです。

本のタイトルは『古田足日さんからのバトン――ホタルブクロ咲くころに』と決まりました。右の3人が考えてくれました。

古田先生の作品を読んだことがきっかけで、ホタルブクロの花が大好きになった人、ホタルブクロが特別な花となった人、ホタルブクロが咲く草はらをずっと探している人などがたくさんいます。ホタルブクロは、古田作品のシンボルでもあります。

「いいタイトルをつけたね」と古田先生もほめてくださるでしょう。

3月になって、本づくりはどんどん進みました。

本のタイトルに負けないよう、執筆者たちも一生懸命がんばって文章を寄せてくれています。たくさんの人が資金面で協力してくれました。「ありがとう古田足日さん」の気持ちが込められたすばらしい本が、でき上がろうとしています。

古田先生を敬い慕っている人たち、古田先生の作品が大好きな人たち、子どもの本に関わっている人たちなど、多くの人がこの本を手に取って、古田足日先生の人となりや作品のことに、思いをめぐらせてくださることを願っています。

1985年12月、自宅にて
撮影：鈴木 圭

第3章 古田さんの作品・仕事とともに——43

第9章

古田さんとの日々

厳しくてあたたかい声が聞こえる

〈再録について〉

本書に再録されている論考・エッセイなどには、初出を記しております。

再録にあたっては、原文どおりを基本としましたが、明らかなまちがいについては、訂正いたしました。

年月日については、本書全体の文字遣いに即して、算用数字としました。

古田足日作品の再録については、古田文恵さんの助言をいただきながら、

「ありがとう古田足日さんの会」事務局が選びました。

古田足日さんからのバトン
ホタルブクロ咲くころに

終章 未来へ

古田足日（ふるた・たるひ）プロフィール

1927年11月29日、父・拡、母・アサヱの8人きょうだいの第3子として、愛媛県宇摩郡川之江町に生まれる。足日は父・拡の命名、「出雲国造神賀詞」による。父は国文学者で、『日本児童文庫』『小学生全集』『世界童話大系』など本に囲まれた環境。軍国主義の色濃い時代、軍国少年として育つ。

1945年6月、大阪外事専門学校（のちの大阪外国語大学）ロシア語科入学。学徒勤労動員先で敗戦となる。49年4月、早稲田大学露文科2年に編入するも、生活苦のため休学し、故郷で代用教員となる。翌年、結核のため休職ののち、退職。翌年、早大に復学し、早大童話会に入会、鳥越信、神宮輝夫、山中恒、鈴木実らと出会う。1953年、〈少年文学宣言〉を鳥越らとともに起草・発表。以後、児童文学の評論と創作を続ける。社会的な問題への発言や行動とともに、日本の子どもの読書運動を牽引し、子どもと本と、人々をつなぎ続ける。

1997～2001年日本児童文学者協会会長。1976～80年山口女子大学教授。2007年～「子どもの本・九条の会」代表団。2014年6月8日死去、享年86歳。

●主著／評論集
『現代児童文学論』くろしお出版、1959年
『児童文学の旗』理論社、1970年
『現代児童文学を問い続けて』くろしお出版、2011年

●創作
『宿題ひきうけ株式会社』理論社、1966年
『モグラ原っぱのなかまたち』あかね書房、1968年
『大きい1年生と小さな2年生』偕成社、1970年
『おしいれのぼうけん』童心社、1974年
『全集 古田足日子どもの本』全13巻・別巻、童心社、1993年

1

古田足日　未来に語る

古田足日

2010年6月ごろ、自宅にて／撮影：伊藤英治

児童文学、三つの名言

安倍政権は2006年11月、教育基本法を改悪した。日本を戦争のできる国にするための巨大な一歩が進められたのだった。問題がふたつ生まれてくるのをぼくは感じた。

ひとつはいうまでもなく、安倍政権の教育政策の中心には「愛国心教育」があることだ。ぼくはぼくの子ども時代、愛国心教育で育てられたことを、悪夢のように思い出す。そこには精神の自由はなく、国のために命を捨てることを美徳とする教育があった。ぼくはこれからの子どもたちに、この苦痛を味わわせたくない。だが、安倍政権はそれをやろうとしている。

もうひとつの問題は、学校教育にしばられない子どもの本・絵本のあり方である。道徳が教科化され、新しい教科書もつくられた。この過程で自民党は「教育の目標」として五項目をあげ、愛国心を中心と

『母のひろば』600号、童心社
2014年5月15日

するざっと二十の徳目をずらりと並べた。教科化することで、子どもが成績によって評価されるようになる。それは、子どもの心をしばってしまうことになるのではないか。

一方、学校図書館の選書にもその影響は及ぶかもしれない。このような状況下にあって、子どもの本の創り手や、子どもの本の渡し手は、今までよりもっと重要な役割を果たすことになる。

童心社創業五十五周年の本誌の特集で、ぼくは創業者・村松金治《むらまつきんじ》の発言をふたつ記した。

「わたしは、児童がすぐれた児童図書を手にすることは、全宇宙を自分の手にすることだと思います。」「それは大きな力も持っています。いまわしい戦争を止める力を持っています。」

また、同じく本誌五百号の巻頭言で、小出正吾《こいでしょうご》さんが児童文学者という仕事について「軍備なき平和を素手で守り得る人間をペンをもってつくる、次代への先の長い仕事」と述べていると紹介した。

この三つの言葉をもう一度考え、子どもの本を書く、子どもと共に読む、という活動の本質を深くとらえる必要があるのではないだろうか。

リレートーク　私を育ててくれた人たち

山のカラスが鳴きよると思え

最近、『大きい1年生と小さな2年生』というぼくの作品を子どものときに読んだという方が、「内容は忘れてしまったのに、作中にでてきたホタルブクロの花のイメージだけは、とてもすてきなものとして心に残っている」と話されるのを聞いて、とてもうれしく思いました。子どもの読み物を書く者として、言葉を通して届けるイメージが、子どもの心を豊かにする何かの力となったとすれば、作者冥利につきます。

幼いころの風景

ぼくの子ども時代は、背景にいつも戦争がありました。多くの人たちがそうであったように、ぼくも、その戦争がアジアを白人の支配から解放する聖戦であると思いこまされていました。しかし、敗戦に

日本子どもを守る会編集『子どものしあわせ』
2014年9月号
本の泉社

よってその価値観が根底からひっくり返されました。何を信じていいかわからない。胸の中に空洞ができて木枯らしが吹きぬけていくようなわびしさがありました。

でも、あの時代をぼくがなんとか生きのびることができたのは、子ども時代の幸せな風景が心にあったからだと思うのです。

最初の幸福な記憶は、レンゲとスミレの花束を片手にもって、母親が洗濯しているかたわらに立っている自分です。まだ小学校に上がる前だったと思います。七人の姉兄弟にかこまれており、ふだん母親を独り占めすることが難しかったので、すごくうれしかったのでしょう。そのときの自分を思い出すと、包まれるような喜びを感じます。

同時に、つらい感覚をよびおこす風景もあります。ぼくが小学生のとき、日本は中国に攻め入り、中国の都市を次々に攻略していました。教室の壁には地図がはってあり、日本軍がどこどこの都市を占領したとラジオが発表すると、教室に一番乗りした生徒がその都市に日の丸の旗をピンで刺すのです。ぼくもみんなと一緒にうれしがってやっていました。でも戦後、日本軍の中国での残虐行為を知ってからは、当時のことを思い出すたびに、そのピンが自分の胸に突き刺さるような痛みを覚えるようになりました。

こういった感覚は、何かをきっかけにはっと自覚して、それから消えてしまうものと、続いていくものとの両方があると思うのです。続いていくものは本物で、その思いは何度もよみがえってきます。それを人は原風景と呼ぶのではないでしょうか。

原風景たりうる体験を

原風景といえば、現在のぼくをつくる大きな基礎となったのは中学三年生のときの人間関係です。仲のいい友人が三人いて、小舟で海に漕ぎ出して島にわたったり、海岸のバンガローで一緒に寝たりしました。彼らと山の上から見たきれいな海は、幸せな原風景の一つです。ぼくを育ててくれたのは、仲間の存在も大きかったと思います。

父親は国語教育の研究者で、新刊本が出るとすぐに買っていたので、愛媛県の田舎町での文化の発信源みたいなところがありました。家では子どもむけの『少年倶楽部』はもちろん、坪田譲治や小川未明、外国の翻訳文学なども読める環境でした。自分としては、『少年倶楽部』に載っている話は底が浅い感じがして、世の中にはもっと深い内容の本があると思っていました。

でも不思議なことに、ぼくが大人になってからも尊敬できると感じたのは、浅いと思っていた大衆児童文学を読みきかせ、そこに書かれている大衆道徳を熱心に語ってくれた先生でした。内容には共感できなかったけれど、それを語る先生の一生懸命さに子どもながら打たれていました。先生の中にある人間の部分に触れたからです。多くの先生の中で、ぼくがお墓参りに行ったのはその先生だけです。

また、おもしろいのですが、父親と母親では、たとえば学校で何か事件がおきたときにそれへの対応がまったく違っていました。父親には、近代小説の精神といいましょうか、社会正義を大切にしろというのがありました。一方、母親は正義などということは考えていなかったと思います。印象的に残っているのは、「人がワーワー悪口いいよるときは、山のカラスがカーカー鳴きよると思え」、そして「つらかったら、なにくそと思え」。母親の言葉は生活の現実に即したもので、ぼくが生きてゆく実際の力となりました。

一口に幼少期の体験といっても、それがそのまま自然に原風景となるわけではありません。社会環境や学校での教育などさまざまなものが作用する中で、人は心の中で自分の原風景を育てていきます。そのためには豊かな読書経験も必要でしょう。今の子どもたちが、将来原風景たりうる体験に満ちた生活を送ってほしいと願っています。

(古田足日さんは6月8日に86歳で亡くなられました。
4月末におこなったインタビューを、ご遺族の承諾を得て掲載いたします)

インタビュー：伊藤知代（本の泉社）

「世界同盟」

今年2010年は日本の韓国併合《かんこくへいごう》100年目の年である。1910年8月22日、ものものしい警戒状態の漢城《ハンチョン》（のちのソウル）で併合条約の調印が行われ、大韓帝国は消滅し、朝鮮はかつての独立国から日本の植民地に転落させられた。

9月9日、石川啄木《いしかわたくぼく》は次のような歌を詠んだ。

「地図の上　朝鮮国にくろぐろと　墨をぬりつ、　秋風を聴く」。心にしみる歌である。

さて、啄木の歌とともにぼくが思い出すのは、1919年『赤い鳥』3月号に発表された北川千代の「世界同盟」という童話である。上野の山へ遊びにきた3人の男の子が「もっとなかよしになるように3人で同盟しよう」といって、それぞれがアメリカ、イギリス、日本になる。「いじわるしっこなし、いばりっこなしで対等につきあおう」同盟で

『母のひろば』548号、童心社
2010年1月15日

ある。そして「もっとなかまをふやして世界同盟をやろう」となり、自分たちの町に帰って子どもたちに声をかけ、八百屋の小僧の三吉も、魚屋の小僧の左平も、かわいい窈《よう》ちゃんも、きれいな幸子さんも「すべて同じ権利」で参加する同盟ができあがる。三吉は配達途中「いけない奴にあって」りんごやみかんをとられることがあったが、それはなくなる。しかし、三吉はそのことよりも「もうだれからも小僧あつかいされず、みんなと同じお友だちになれたこと」がうれしい。

彼らはひとりずつ世界の国々の名をつける。そのなかに朝鮮が出てくる。千代は、消滅させられていた朝鮮を「世界同盟」の国として登場させたのだった。

だが、『赤い鳥』の主宰者鈴木三重吉は千代宛て原稿受取の手紙でいう。「朝鮮が一国として代表を出すのは変ですから直しました。」だから、発表された「世界同盟」には「朝鮮」は出てこない。

「世界同盟」はこうあればよいという作者の主張むき出しの作品ではある。だが、それでもぼくは心をうたれる。啄木のさびしさに寄り添う心情と、絵空事であれ差別のない社会・国際社会を求めた「世界同盟」の理想主義との合一を韓国併合100年の今年の初夢としたい。

あずりこずり　山のおんごく

ぼくは1927年（昭和2）愛媛県の東端川之江町（今は四国中央市）で生まれ、育った。川之江のことばのことを確かめようとして、今は東京に住んでいる兄弟たちに電話すると、六つ年下の弟は即座に「いでらしい」ということばをあげた。このことばは川之江のことばではなく母親の実家がある同じ愛媛県の壬生川町（今は西条市）のことばで、ぼくが中学2年のとき一家はそこに引っ越したのである。

「いでらしい」というのは長持ちすることで、敗戦後の物資不自由なとき、手に入れた干したそら豆一升は「いでらしい」食べ物だった。また一家の飯炊き係をやっていたこの弟にとって飯を炊く薪としてすぐに燃え尽きる杉板の切れっ端ではなく、長持ちする松の木は「いでらしく」うれしかった、という。

この話をきいているとぼくの内に「あずりこずり」と「山のおんご

小学館辞典編集部『私の好きなお国ことば』
小学館、2007年4月16日

く」ということばが浮かび上がってきた。「あずりこずり」は一方ならぬ苦労して、という意味である。小学校のとき今の作文は綴り方といわれていたが、友だちの多くはそれが苦手で、綴り方の時間には、「あーあ、あずり方かぁ」と悲鳴をあげたものだった。

「山のおんごく」の「おんごく」は「遠国」で山奥の村のことだった。川之江は江戸時代には天領で、当時から商人、職人が住み、和紙づくりが盛んで、今も隣の伊予三島市(今は四国中央市)と共に紙の町である。そのためか「山のおんごく」には見下すような語感もあったが、ぼくはこのことばにロマンとでもいうものをかきたてられた。川之江の南には法皇山脈という緑の山なみがある。小学校低学年のときぼくはいつかこの山の向こうの「山のおんごく」に行ってみたいと思っていた。そこにはわくわくするものがいっぱいあるに違いなかった。

海岸の城山には戦国時代、仏殿城という城があって、落城したとき城の姫は馬に乗って断崖から海中に飛び入って死んだという。その城山の麓に近い浜で泳ぐとき、ぼくはかすむ水平線を見て姫は死なずに海の向こうの「海のおんごく」に行ったらよかったのになあと思ったのだった。「海のおんごく」は子どものぼくがつくったことばだったろう。

敗戦後、ぼくは大阪、東京で学生だったが、戦中身につけた忠君愛国の価値観を失った混迷の中にいて生活も苦しく、「ひとりの修羅」のように荒れ狂いたいという衝動に駆られたとき、「あずりこずり」がそれをとめた。人みな「あずりこずり」生きているということだったのか、続いて「山のおんごく、海のおんごく」と呪文のように唱えていたと思う。
するとぼくは山と海の向こうにあこがれた子ども時代に帰って、母親がおばさんたち
と「そうじゃのもし」と壬生川のことばで話しているやわらかい響きがゆったりとぼくを
包んだ。ぼくはしばらくその世界に身をゆだね、やがて力を回復して再び「あずりこずり」
の現実に戻っていったのだった。

【付記】「川之江市」生まれを「四国中央市」生まれと訂正したが、どうも違和感がある。平成の大合併で、この市が誕生したが、この名前にどうしてもなじめない。怒りさえわいてくる。この市名には歴史がまったく感じられない。もと宇摩郡の大部分を占める町だから「宇摩市」とか、法皇山脈にちなむ「法皇市」などが市名候補にあがっていたのだが、なぜか歴史と文化の積み重ねを無視した、奥行きのないこの名前になってしまった。

右から２人目が古田足日。きょうだいといっしょに、小学校低学年のころ。
左から２人目は、姉・明子。

子ども観ということば

昔、まだ学生のころ、子ども観ということばをきいてふしぎに思ったことがある。子ども観というのは子どもをどう見るかという見方のことだといわれても、いつだって、どこだって子どもは子ども、そんなに見方、解釈のちがいがあるはずはないと思ったのだった。

この「子どもは子ども」という考え方、これは今「子どもは変った」といわれることに対して出てくる「子どもの本質は変っていない」という反論と共通のものだろう。そして、その根拠はおそらく次のようなところにあるだろう。子どもには子どもという生物学的特質がある。ヒトは子ども時代を通って大人になる。その子ども時代には大人にはないもの、大人になると薄れているもの等があるのではないか、という考えである。

この本だいすきの会 創立10周年記念誌
1992年3月27日

子ども観ということばにはこの生物学的特質を無視してしまう響きがある。若いときなかなかこのことばが理解できなかった原因はそこにある。もっともこの生物学的特質がどんなものかということは、それほど明らかではないが。

また、今ごろ気がついたが、子ども観といわれるものはいくつかの面から成り立っていて、使い方によってその一面が強調されるのでぼくにはわかりにくかったのだった。

その一つの面は、たとえば「女・子どもの知ったことか」ということばに現われる。このことばでは子どもは成人男性から見て一段低いものとされている。これを家父長的子ども観といってみると、この場合の子ども観という使い方は大人が子どもを見る態度、子どもに対する態度のことで、大人から見た、大人と子どもとの関係を中心にした使い方である。こういう使い方の子ども観をとりあえず態度的子ども観といっておこう。

一方、「子どもは遊びの天才である」ということばがあるが、ここにある子ども観は、別に大人との関係ではない。厳密に見れば大人との比較がかくれてはいるが、子どもの特質、特性をこう考えるということを中心にしている。これは子どもの実際に根拠があるものだから、実態的子ども観といっておこう。

ところで、藤田のぼるはその評論集『児童文学に今を問う』の中で、「児童文学にとって〝子ども〟という存在の意味は、六〇年代には『希望』、七〇年代には『原点』、八〇年代には『同伴者』」というように整理した。

ぼくもやはり過去三十年の現代日本児童文学の中の子ども像の変化をほぼ次のように整理した。まず六〇年代は子どもの大人に対する相対的独自性の追求であり、その像は好奇心や冒険心にうながされて行動していく子ども、困難を乗り越えて成長していく子どもというのが中心だった。七〇年代は大人と子どもの共通性の追求であり、斎藤隆介、灰谷健次郎らのいう「やさしさ」に代表される。八〇年代にはその共通性がいわばマイナス面も含んで出てくることになる。たとえば森忠明『花をくわえてどこへゆく』である。

藤田のぼるがいっているのは態度的子ども観の変化であり、ぼくのいっているのは実態的子ども観の変化である。

また態度的子ども観と分離できないものに社会学的立場というか、社会的存在としての子どもへの見方がある。「子どもには子どもの権利がある」という見方はそれである。

子ども観ということばが使われることが多くなった。その際の参考にとも思ってぼくなりの考えを記しておく。

悼む 後藤竜二さん〈児童文学作家〉

「不服従」の思想に真骨頂

2010年7月3日死去・67歳

後藤竜二が急逝した。愕然とした。4日前に電話で元気な声を聞いたばかりではないか。眠れない夜、彼の歴史的小説の一つ『野心あらためず』の終わりのことばが浮かんできた。蝦夷連合軍の総大将アテルイは、大和朝廷の将軍坂上田村麻呂が女子ども年寄りも容赦無く殺していくのを見、降伏を決断して人々に告げる。「降伏はするが、服従するのではない。これからも、子孫たちが不服従の戦いをつづけ、そして、いつの日にかかならず、人の道にかなった世の中を生みだしてくれるだろう」

ここで後藤は「不服従」の思想を語っている。そう気がつくと、無性に悲しくなった。この思想を深めた作品を後藤はもう書くことができず、ぼくは読むことができない。後藤の本を愛した子どもたちも、その新作を読むことができない。67歳で世を去るとは早すぎた、残念でならぬ。

次から次へと後藤に書いてもらいたかったものが浮かんでくる。まず『天使で大地はいっぱいだ』の現在版がほしかった。それから「1ねん1くみ1ばん」シリーズで活躍する、乱暴でやさしいくろさわくんが、高学年になっての姿が見たかった。くろさわくんには、日本のハックルベリー・フィンになる可能性があったのではないか。

くりごとはやめよう。後藤はまた、組織者でもあった。全国児童文学同人誌連絡会を結成し、プロ児童文学者を目指す人びとを糾合して、機関誌『季節風』を出す。今、大人の文学でも活躍しているあさのあつこをはじめ、最上一平、八束澄子、高橋秀雄など多くの書き手たちが『季節風』から育っていった。

後藤竜二さん、やすらかに眠れ。

（『毎日新聞』２０１０年８月１日）

追悼 小宮山量平さん〈出版人・編集者〉

子どもたちを勇気づけるために

２０１２年４月13日死去・95歳

本会代表の一人である小宮山量平さんが亡くなった。事典風に記すと、小宮山さんは１９１６年５月12日信州上田生まれ、２０１２年４月13日没。享年95歳。すぐれた出版人・編集者だった。

１９４７年、31歳のとき理論社を創業、新しい視点に立った社会科学の本を出し、女性史研究者の高群逸枝の全集などを送り出すが、50年代後半から創作児童文学出版を仕事の中心に据えた。子ども時代の体験として子どもが「一度読んだら生涯忘れられないような感動的な物語をどっさり生み出してやろうではないか」と考えて長編創作児童文学を刊行するようになる。先輩出版人からは子どもの本の世界は名作ものに限る。創作児童文学は売れない、と忠告される。だが、小宮山さんには決意があった。「ステーツマンシップの炎を燃やし、この国に対する絶望の底から、わずかにとりすがった希望の星、それが子どもたちの本」という決意だった。

そのころ、1950年代の後半、創作児童文学の出版点数は年に数えるほどしかなく、児童文学者や児童文学志望者が喫茶店や飲み屋で交わす会話の中では「児童文学の慢性的不況」ということばが飛び交っていた。だから、1959年、斉藤了一の『荒野の魂』、塚原健二郎の『風と花の輪』が理論社から出たとき、ぼくの胸は喜びでいっぱいになった。シリーズとしてこの二冊が出たことは、このあとも理論社は創作児童文学を出してくれるのだ、という希望をぼくたちに与えてくれた。もちろんほかに創作児童文学の出版社がないわけではなく、東都書房、講談社、岩崎書店からも数編出ていたが、散発的だった。理論社はシリーズとして継続性を示し、その内容としては『赤毛のポチ』『山が泣いている』など他社には見られない冒険的な出版をしてくれた。1960年代半ば過ぎには、「翻訳の岩波、絵本の福音館、創作児童文学の理論社」ということばも生まれてきた。

小宮山さん・理論社は神沢利子、今江祥智、山中恒、小沢正、斎藤隆介、灰谷健次郎などを世に送り出した。小宮山さん・理論社は創作児童文学出版が経営的にも成り立つことを示し、現在の創作児童文学出版の基礎を作ってくれたのだった。

小宮山さんは本会創立のメッセージで、今、子どもの遊び、歌声が消えつつあると語り、その子どもたちを「明るく勇気づけるために私たちは手と手をつなぎましょう」と述べた。ぼくたちはその呼びかけに応えたい。応える行動は九条と憲法にかかわる活動への参加だけではない。小宮山さんは子どもはその「育ち盛りに、生涯こころに残る糧を、自国の作家による自国の文体で、自国の課題の中に読み取る権利がある」と考えていた。その遺志に応える作品を創造していきたい。

（本稿タイトルは、事務局によります）

（子どもの本・九条の会『9ぞうれぽーと』Vol.10／2012年9月11日）

悼む

専門館設置、遠大な夢

鳥越 信さん〈児童文学者・元早稲田大学教授〉

2013年2月14日死去・83歳

鳥越信君との出会い、交遊があったからこそ、ぼくは児童文学の道に進んだ。ともに創刊した同人誌「小さい仲間」で児童文学革新を唱え、童話伝統を批判した仲だった。その友がこの世を去った。

彼と出会ったのは1951年、早稲田大学の児童文学サークル「早大童話会」の薄暗い部屋だった。それから60年、彼は児童文学の世界で大きな仕事を幾つも果たした。

早大童話会は53年、日本の童話伝統を批判する「少年文学宣言」を発表し、当時の日本児童文学の世界に論議を巻き起こした。鳥越は宣言の起草者だった。この批判は現在を切り開く評論的仕事だったが、彼は研究者として日本児童文学の年表をつくる仕事にも打ち込んだ。この仕事は「日本児童文学史年表　Ⅰ・Ⅱ」に結晶し、日本児童文学者協会賞などを受賞した。

後年彼が力を注いだのは、収集した資料12万点の寄贈から始まる大阪国際児童文学館（84年開館）の活動である。彼はこの館を子どもから研究者まであらゆる利用者の要求に応え、かつ国際性を持つ児童文学の専門館にするという遠大な構想を持っていた。

だが、大阪府は橋下徹知事（当時）の行財政改革の一環で、館を万博公園から府立中央図書館へ移し、研究機能をなくした。鳥越らは、資料返還を求めて提訴した。

裁判はまだ係争中だが、資料散逸を免れたり、一部の専門職員の雇用継続が決まったりしたのは、彼が資料の文化的価値と館の社会的重要性を訴えたことと無縁ではない。

移転前の館は東アジア諸国との児童文学・文化の交流拠点であり、鳥越は中国の浙江師範大学名誉教授でもあった。彼の一生を振り返ると、夢の実現に向けて進んでいく少年の姿が浮かんでくる。

（『毎日新聞』2013年4月22日）

別れ

古田足日・姉
長谷川明子

「おしいれのぼうけん」を書きし弟「古田足日」
　父に叱られ押入れに入れられたよネ
「惜別」と新聞に書かれし弟の写真など幾度も読む冬の夜長に
児童文学に生きし弟「古田足日」も一度明ちゃんと呼んでほしい

一才下の弟が逝った。児童文学に生きた弟「古田足日」
昨年は淋しい年となった。いつも「明ちゃん」と呼んでくれた弟だった。
「児童文学作家・評論家」として朝日新聞の「惜別」の欄に記されていた。
子供の頃は私の「おままごと遊び」にも加わってくれた時もあった。
子供時代　青春時代　それぞれの楽しくなつかしい思い出が残った。
いつもよく大勢の友人も加はり楽しいひと時を過ごした。
冬の夜空　半月の月も美しい夜　星の光　そしてスカイツリーの彩を眺める。
もう一度「明ちゃん」と呼んでほしいと思う。

2

足日さんに寄り添い続けて

古田文恵

1968年12月、東京都東久留米市・滝山団地入居のころ

足日という名前のこと

若い頃、ソクジツさん、アシヒさんと呼ばれることが多くて、すぐタルヒと読んでくださる方は少なかったです。

あるとき、宛名に「古田百足様」と書かれた郵便物が来たことがあって、ムカデとはあんまりじゃございませんか？と思いましたが、でも、モモタリと読んだら、ちょっとすてきかも、とも思いました。

ご本人も、名前の由来を聞かれると、熱心にしゃべっていましたので、その受け売りをいたします。

＊

出雲国造神賀詞（いずものくにのみやつこのかんよごと）という祝詞《のりと》があって、そこからの由来だそうです。

その最初のところに、次のようにあります。

八十日日《やそかび》はあれども、今日の生日《いくひ》の足日《たるひ》に、出雲の国の国の造《みやつこ》のなにがしが……かしこみかしこみ申したまわく、……

日というものはたくさんあるけれども、今日というこの生気にあふれ、物事の満ち足りた良き日に出雲の国の国造がかしこんで奏上いたします……

足日という名前は、この語句から、とられたものだそうです。

＊

『全集 古田足日子どもの本』第1巻に、兄・東朔《とうさく》が「私たちきょうだいの名前」という一文を寄せてくれていて、国文と漢文の教員だった父・拡《ひろむ》が、「足日」という名前をつけたあたりの事情が書かれています。「いつも満ち足りた思いで生きていってほしいという気持ちからつけた名前だといっていた」とあります。

この「生日の足日の」という言葉は、現在でも、神前で結婚式を挙げると、神主さんの祝詞のなかで、ごく普通に聞かれることばです。

機会がありましたら、どうぞ耳を澄ませて聴いてみてください。

夫を見送って

古田が亡くなってからもう3か月も経ったとは思えないままに、庭には名残りの朝顔が咲き、夜には虫の声がにぎやかになってきました。古田は心臓や肺や前立腺などにたくさんの病気を抱えており、耳も遠くなり、4年前には脳梗塞にもおそわれて左側の視野が失われてしまいましたが、何とかそれにも打ち克ち、好きな仕事を続けてまいりました。

足も弱ってしまったのでウォーキングマシンを買って、少しずつですが歩く練習もしていました。リハビリの山口さん、マッサージの山下さん、訪問診療の陸川先生、足浴をして爪の治療もしてもらった木村さん、入浴介助の高阪さん、この介護をうまく計らってくれた米山

親子読書・地域文庫全国連絡会『子どもと読書』
（2014年11・12月号）に補筆

さん、月に一度東大病院で歯の治療をしていただいた小笠原先生、近くの整形外科の島田先生、亡くなる間際まで古田はこの方々に温かく見守られておりました。足は弱りましたが、家の中ならゆっくり歩くことができ1階の居間と2階の書斎と寝室を階段を使って両側につけた手すりを使いながらですが昇り降りしていました。

新聞を毎日三紙読んで赤ペンで切り抜きマークをつけ、新刊本の中で買うものを選び注文を頼むのが日課でした。

そのような中で一番力をそそいでいたのが「新しい戦争児童文学」の編集の仕事でした。外出が無理になって、他の編集委員の方々に家へ来て頂いて会合を持っていましたが、遠方からの方にすっかり迷惑をかけてしまい申し訳ないことでした。

こうして原稿も書き、会合にも参加し、本も読み、食事も時間はかかりましたがおいしく頂き、それなりに元気に生活しておりましたので、本人もまわりの者もまだまだと思っておりました。

しかし残念なことに6月8日の明け方、静かにひとり旅立ってしまいました。

前日の夜、その日は土曜日で仕事が休みだった娘のあかねが来て、不足がちな野菜たっぷりの歯にもやさしい夕食を作ってくれました。「鮭の柚庵焼き、さわら大葉焼き、茄子とピーマンの煮びたし、油揚げ、にんじん、大根、さつまいも、長ねぎなど具沢山の味噌《みそ》汁、湯むきトマトのサラダ、ほうれん草のおひたし、ノンアルコールの「キリンフリー」これが古田の最後の食事となりました。その時の、古田の楽しそうに食べている顔を思い出しますと、今でも心がほのぼのと温かくなります。

ときどき、食事のときに、「子どもたちのことで、なんの心配もしないでいいって、とてもしあわせなことだなあ」と、言い出すことがありました。娘も結婚相手の憲昭さんも、孫の花音《はなお》もそれぞれ自分の気に入った仕事をもち、自立しながら家族仲よく、生活を楽しみながら働いている、そのことを親として、心から喜んでいたのでしょう。私も大いに賛同したことでした。でも、なぜかいつも、食事のときに言い出すのが、おかしかったです。

童心社『母のひろば』600号に書いた文章が古田の絶筆となりました。2006年、前期安倍政権は教育基本法を改悪しました。そういう中で道徳が教科化され新しい教科書も作られ、自民党は教育の目標として愛国心を中心とするざっと20の徳目を並べました。古田はこのことを深く憂いておりました。自分の子どもの時に愛国心教育で育てられたことを悪夢のように思い出すといっていました。

集団的自衛権行使を可能にする閣議決定は7月1日で、古田はすでに此の世にはおりませんでしたが、生きていればどのように思ったでしょうか。

いま、私は古田の死後の煩雑な事務的仕事に追われてゆっくり故人をしのぶいとまもなく毎日が過ぎて行きますが、最後の評論集となった『現代児童文学を問い続けて』（くろしお出版）を少しずつ寝る前に読んでいます。なかでも第四章が、私自身この時代を生きていくのに考えるよすがになると思っています。

古田足日の86年の生涯はひとりの人間としてみればしあわせな一生だったと思われます。私も膝が痛んだり、古田が亡くなってから急に左の耳が聞こえなくなったりしていますが、体をいたわりながらこれからの時間を楽しくしっかり生きようと思っています。

お墓のこと

夫、古田足日は２０１４年６月８日に亡くなり12月６日に納骨いたしました。東京の西のほう、西多摩霊園というところです。

墓地だけは、だいぶん前に入手してあったのですが、さて墓石は……ということになって、いろいろ迷ってしまいました。本人は斎藤隆介さんのようなころっとした自然石がいいなとか、高く見上げるのはいやだとか、石の色がどうだとか、元気なうちはあれこれ言っていました。そのうち、外野席からも、マージャンパイをかたどって「中」とか「発」とかもいいんじゃないかとか、貴重?なご意見もいただいたりしたのですが、なんとなくそのままになっているうちに、古田は旅立ってしまいました。

連れあいがいなくなって、私自身が決定しなければならないという当惑感・孤独感のようなものは、この墓石のときにとても強く感じました。

お墓の供花台に彫られたホタルブクロ。原画は古田文恵

幸い娘のあかねが、「お墓を早くつくらないと納骨が年明けになってしまうよ」と、石材店に連れていってくれました。

「古田の故郷の愛媛の石にいいのがありますか」とたずねると、石屋さんは、「奥さんそんな遠方でなくても、関東にもいい石がたくさんありますよ。例えばこれです」と言って、見本の薄い石の板を出してくれました。それはどう見ても何の変哲もないふつうの花崗岩《かこうがん》にしか見えませんでした。が、石屋さんは続けて、「これは真壁小目石《まかべこめいし》といって目が細かく、とても良い石なんですよ」と言いました。

その名前を耳にしたときに、ふつふつとわきあがってきたなつかしさに、私は圧倒されそうになりました。真壁というのは筑波山の北麓の小さな町で、私の育った町だったのです。小学校2年生から女学校の4年生までを過ごしたなつかしい所です。思い出しました。町中に石屋さんが多く墓石や石灯籠を彫っている人がたくさんいて、小学校の帰りに友だちと立ちどまって、カチンカチンとかコツッコツッとか手彫りしているのをあきずにながめていたものです。そう言えば、遠い親戚にも石山を持っている人がいて、そこから石を切り出していたのでした。今でも石の町として知られています。

親・きょうだいともに、東京の人になって、私には縁が薄くなってしまった町だけど、「夢は今もめぐりて」と歌うとき、思い浮かぶのは、この忘れがたき故郷真壁の町なのです。真壁小目石という名前にひかれて、墓石はすぐに決まりました。

形はごく一般的な横長前面ななめにしました。亡き父・古田拡《ひろむ》が、愛媛県の墓石に刻んでいたことばをもらって、前面に彫りました。

芳草を求めて来たり
落花を逐うて去る

「逐う」は「追う」に変えましたが——。

私の中国語の先生の漆老師が中国語に翻訳してくださったのは、次のようです。

寻芳草而来
逐落花而去

お墓の花を生ける石に、私が描いたホタルブクロの絵を彫ってもらいました。

納骨のとき穴の中をのぞくと、うす暗く少ししめって暖かく感じました。古田の骨壺《こつつぼ》のわきが広く空いていて、あ、あそこが私の場所ね、とちょっと楽しい気持ちもしました。

霊園は広大な低山を切り拓いて造ってあり、見晴らしもよくて、蕪村の「菜の花や月は東に日は西に」を思い出します。菜の花ではなく見わたす限り墓石ばかりなのですが——。ピクニックによいところではないかと思われます。

3

古田さんの作品・仕事とともに

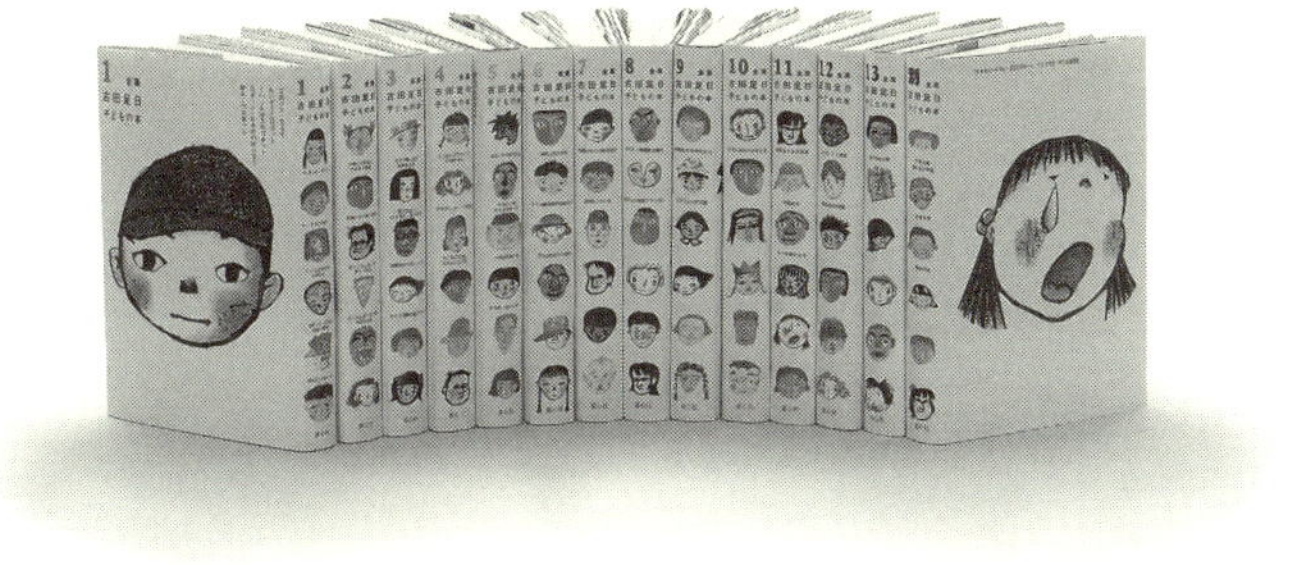

『全集 古田足日子どもの本』全 13 巻・別巻
編集協力 : 田畑精一・西山利佳・藤田のぼる・宮川健郎
ブックデザイン : 谷口広樹 + ビセ
校閲責任 : 伊藤英治
童心社、1993 年／2015 年復刻

古田さんの「コノ下　ホレ」

画家・絵本作家
田畑精一

古田家の玄関には、随分永い間、一枚の同じ色紙が掛かっていました。その色紙には、作家の坪田譲治さんの直筆で、「マサカノトキハ　コノ下　ホレ」と書かれているのです。いつもマサカノトキのぼくには、とても魅力的な色紙でした。とにかくどんなに困っても、この下を掘ればなんとかなるのです。古田さんも玄関を通るたびにこの色紙を読んで、にっこりされていたのではなかったでしょうか。

古田さんは、物事をとても深く掘り下げて考える方でした。古田さんの「コノ下」は、凡人の「コノ下」と違って、物事の原理を探るとても深い「コノ下」でした。考えの上でそうした掘り下げをされるだけでなく、たとえば川を見ると、その川の源泉を尋ねようとされるのです。実際ぼくの住む東久留米の町に引越してこられた時は、この町にある数本の川の源流を尋ねその泉を見つけるのを楽しみにされていました。もしかしたら古田さん、最初はにじみ出るような泉の水が、やがて小さな流れになり水音が聞こえ魚が泳ぎ水鳥が集う、そうして立派な大河に育って行く、そんな姿を自分たちの仕事に重ねて、自分たちの仕事はこの小さな源流のような仕事なのだと、子どもたちの未来に大きな希望を寄せられていたのではなかったでしょうか。

1981年、岡山に招かれて。
前列右から、古田さん、田畑さん

さて古田さんが大変遅筆であったことは有名ですが、その原因は間違いなく「コノ下」を根本まで掘ろうとする作家姿勢にありました。たとえば紙芝居を書こうとすれば、紙芝居とは何かを、誠実に納得ゆくまで探されたのです。でも絵描きはなんとも大変でした。たとえば『ロボット・カミイ　ちびぞうのまき』の脚本は、絵の締め切りが過ぎた何日か後に出てきました。それでも投げ出さずに、連日の徹夜でふらふらになりながら絵を描いたのは、古田さんの脚本が期待をはるかに超えて素晴らしかったから、でありました。

（たばた・せいいち）

（紙芝居文化の会会報24号／2014年12月）

『おしいれのぼうけん』誕生の思い出

童心社会長
酒井京子

2012年5月、『おしいれのぼうけん』は発行部数200万部を越えました。この機に、作品について、画家の田畑精一さんに、私が伺うというイベントを何度か行いました。

そのたびに、話は当然古田さんのことに及びます。ここに、古田さんがいて欲しい、いてくれたなら……、という想いが何度も胸をよぎりました。この作品が、神話をモチーフにしていることや、今の子どもたちが抱える不安について、古田さん御自身のことばで語ってもらえたらどんなに良いかと思ったからです。私は報告に古田宅を訪れ、いっしょにできたらうれしいとお話しました。しかし、古田さんは多くの人の前で話すのは、もう無理だとおっしゃいました。その様子はちょっと寂しそうでした。

『おしいれのぼうけん』が創られるきっかけは、1971年の秋、当時童心社編集長だった神戸光男さんと、古田先生のお宅を訪問したことからはじまります。入社三年目を迎えていた私は、このまま童心社で働き続けるかどうか悩んでいました。子どものための本や紙芝居を創る仕事が、人生をかけるに足る仕事なのかどうか悩んでいたのです。そんな時、理論社刊・古田足日著『児童文学の旗』を読み、衝撃を受けました。そして、古田先生に逢い、私自身が、これからどのような仕事をしていけば良いのか？　悩みを聞いていただこうと考えたのでした。思い出すだけでも額から汗がでてくるほど、恥ずかしい話です。その時代にどんな作品が必要で、何を創らなければならないか？　を考えることこそ、編集の仕事です。なのに、私はそれを教えてもらおうと出かけたのでした。

しかし、古田さんは、たくさんの話をして下さいました。その中で、いきいきとした子どもたちが登場する作品が必要なこと。絵本を創るなら、これからは女性も働き続ける社会になるだろうから、保育園を舞台にした作品が欲しいこと。お父さんやお母さんが働く姿が出てくるものも欲しい。等々、いろいろ話して下さいました。そして最後に絵本は作家、画家、編集者が三位一体で創ることも必要なのではないか？　と語ってくれたのです。

私は、古田さんに質問しました。

「そのような作品を、どなたが書いてくれるでしょう？」

すると、古田さんは親切にも、数人の活躍中の作家の名前をあげてくれたのです。

「先生のお名前がありませんが……。」

「こんな難しいこと、僕にはできないよ。」

私たちは、スゴスゴと帰りました。が、駅前の喫茶店で、二時間近く話し合い、もう一度古田さんに頼もうとお宅に戻ったのです。すると、あっさり（？）引き受けて下さいました。

「三位一体の絵は、どなたに？」

「田畑さんとやりたい。」

古田さんも、ずっと考え続けていてくれたのでした。

しかし当時、売れっ子作家の古田さんは忙しく、なかなか筆が進みません。

結局、古田さんのお住まい近くにある「そよかぜ保育園」の取材が『おしいれ』のモチーフになりました。取材が終わると、古田宅で夜遅くまで、話し合いが続きます。その中で、私が一番記憶に残っている古田さんのことばは、「子どもって、あせもをかくんだなあ。」というものです。たしかに、おしいれから出てきた子どもたちは、あせもをかいていたと先生方が話してくださいました。でも、若い私には、大切なこととは思えなかったのです。しかし、古田さんは、こだわっていました。子どもたちの、そのまっすぐなエネルギーに感動していたのだと思います。

古田さんは時折、小さな子どものような表情をみせることがありました。『おしいれ』

の絵が一枚できた時、その絵を見て、飛びあがって喜ばれました。私には本当に飛びあがったように見えたのでした。

『おしいれ』の絵が、だいたい出来上がった1973年、私達三人は伊豆の大川館（古田さんの常宿でした）で合宿をしました。文章を半分くらいに縮めること、絵の細部の描き込みをすること。この二つが目的でした。私が、ここは何字何行にして下さい。とお願いし、古田さんが手を入れます。また、もっと子どもをたくさん描いて下さい。と田畑さんに二人でお願いすると、田畑さんが描き込むというふうに、合宿は順調に進みました。作家が、大幅に文章を削ることは普通ありえないことです。古田さんは、絵本を創ろうとはっきり意識して、このとても大変な作業に取り組んでくれたのでした。

『おしいれのぼうけん』（絵・田畑精一、童心社）より

休けいの時は、三人で海辺を散歩します。夕食後が本格的な仕事の時間でしたが、四泊めか五泊めの夜、二人の意見が分かれ、にっちもさっちもいかなくなりました。それは、ねずみばあさんが退散する見開きをめぐってでした。古田さんは、「ここは大事な箇所だから、文章はけずれない」と言いました。田畑さんも「この大事な場面の絵が小さいのはおかしい」と。二人の激しいやりとりに、私はこの仕事はついに本にならず、二人

はけんか別れで終わるのだ、とがっかりしました。現在の本が、その次の日の話し合いの結果です。そんな時の古田さんの真剣さは、怖くなるほどでした。

本が出版されてから四十年、時どきこの作品について古田さんと話し合うことがありました。三年くらい前だったと思います。

「酒井さん、この本は、なぜ子どもたちが喜ぶと思う?」

「それは、やはり、ねずみばあさんでしょう。古田さんがおっしゃる原不安と現代の不安の象徴が、ねずみばあさんだと思いますが……。それを、子ども自身の力で退散させる話ですもの。」

この私の答えに、古田さんは全く満足していなかったように私にはみえました。私の答えはまちがってはいなかった。だが、もっと深く子どもについての話をしたかったに違いない。

古田さんは、若い私を三位一体のひとつに加えて下さいました。この仕事は、私の人生を変える仕事になりました。なのに、私はその後もずっと、古田さんに甘えて仕事をしてきてしまった、と思います。喪失感は大きくなるばかりです。でも同時に、どこかで見守っていてくれると信じることができるのです。

（さかい・きょうこ）

日本子どもの本研究会編集『子どもの本棚』（№５５２／２０１４年10月号）に一部補筆

山形児童文学の同伴者として

込められた濃く、厚い、友情

山形童話の会
鈴木 実

昨（2014）年9月、私たち山形童話の会では、会が発足し、機関誌『もんぺの子』が60周年となったことを記念して、『やまがた児童文学の系譜』を刊行しました。

それは、山形における戦後の児童文学・児童文化（童話、童謡、少年少女詩、ノンフィクション、絵本、紙芝居、読み聞かせ等々を網羅する諸活動）をとりあげ、それらに関する「明治から現在までの略年譜」、および山形童話の会の機関誌『もんぺの子』の創刊号から120号までの総目次で編んだ、B5判358頁になるものでした。

私たちが、その『やまがた児童文学の系譜』に、おおわらわになっていた6月8日、古田足日さんの訃報が今関信子さんによってもたらされたのです。足もとが、ぐらっと崩される感じになり、とっさに頭に湧きあがってきたひとつの、古田さんからのメッセージがありました。それは、『もんぺの子』が100号となった1999年、その「特集号」に、私たちの会の同伴者のような、濃く、厚い、友情の思いのこもった「『山が生きている』を目指して」と題するものでした。

『山が生きている』を目指して

日本児童文学者協会会長
古田足日

――『もんぺの子』が100号を迎えると思うと、ひとしお感慨が深い。須藤克三さんも書いているが、ぼくは『もんぺの子』誕生に一役買っているからである。ぼくはそのとき二十代後半だったろうか。鈴木実といっしょに須藤さんのところへ行って、児童文学革新のため山形で児童文学運動をおこしてほしいと言ったのだった。ふりかえると、それは須藤さんの内にあったものをぐいと一押しする、そういう

山形童話会『もんぺの子』100号
1999年10月

役割を果たしたのだろう。

1954年4月、『もんぺの子』は誕生し、5号から、のち『山が泣いてる』となる「へイタイのいる村」が連載された。1956年6月、鳥越信は「これからの児童文学」(坂本一郎・馬場正男編『小学生の文学教育』春秋社)の中で当時の「新しい児童文学」の動きとして山中恒『赤毛のポチ』、いぬいとみこ『長い長いペンギンの話』、国分一太郎『鉄の町の少年』と共にこの作品をあげている。注目すべきはこのうち『鉄の町の少年』だけが出版社刊行の本であり、他の三作はすべて同人誌連載だったことである。この55年前後の日本児童文学の世界は同人誌時代という様相を呈しており『もんぺの子』は1959年に始まる日本の児童文学革新に参加した、「生活記録」的な児童文学をという主張を持つ同人誌だった。

だが、今その100号を祝う人々の多くがこの世にいない。須藤さんは21歳の年長だからあきらめるにしても、植松要作さん、鳥兎沼宏之さん、高橋徳義さん、そして佐々木悦さん、この人々は同世代とはいえ、みんなぼくより年下なのである。それがいかにもくやしいのだが、この人々がこの世にいてもただ単純に100号おめでとうということにはならないだろう。今の『もんぺの子』は残念ながら、1982年9月発行の『もんぺの子』65号に須藤さんが指摘した状態を抜け出していないからである。

須藤さんはその号の巻頭言を「ここ一、二年どうも『もんぺの子』が、濃い霧の中をさまよっているようではれやかでない」ということばで始めた。なぜそう感じるのかというと、「わたしたちは『地域に根ざした』というスローガンのもとに、ひた走りに走ってきたが、この『地域』なるものが、重い霧の中に沈んでしま」ったからである。そして、「みんなその霧の中にしっとりと濡れてさまよっている」。須藤さんは『もんぺの子』の同人たちが〈地域の解体、崩壊〉という「重い霧」の中で「苦渋の色を濃くしている」ととらえたのである。

須藤さんはこの「苦渋をどう乗り切るか『もんぺの子』」という巻頭言を次のように結んだ。「苦渋はいろいろな形をとって重さを加えてくる。それらをはねのけていくというところに『山が泣いてる』でなく、『山が生きている』としての『もんぺの子』が新しい生命を持つことになると思われる」。

そして、このあと須藤さんはもう巻頭言を書くことはなかった。この年10月思いがけなく須藤さんは永眠し、『もんぺの子』の今後の課題を指し示した65号の巻頭言は須藤さんの遺言となったのである。

須藤さんが示した「重い霧」の状態は今も変わらない。それ以後の子どもの生き方、成長の姿の変化はさらに「霧」を濃く、重くしている。これはもう『もんぺの子』だけの問題ではないのだが、「苦渋をはねのける」にはどうすればよいのかを、できるだけ『もんぺの子』に即して考えてみたい。

鈴木実は『子どもにこだわって』(北方出版、1998年)の「あとがき」でこう言った。「生活記録運動が現在衰退しているのは、地域を破壊し、生活を変質させてしまった『目に見えないもの』をとらえる思考方法を手にできなかったことと無縁ではなかったのだ」。鈴木のいう「目に見えないもの」はどんなものかこれだけでははっきりしないが、それは現在の日本の社会・文化の特徴である都市化・消費化・情報化の中にかくれている感覚、価値観を言っているように思える。

最初に言ったが、『もんぺの子』は「生活記録」的な児童文学をという主張を持つ同人誌だった。今それへの批判、それを乗り越えようとするものがそれを支え主張してきた鈴木から生まれてきた。この考えはおそらく「苦渋をはねのける」についての根本的な考えの一つとなるものであり、もっと発展させてもらいたい。

そして、この「目に見えないもの」から思うのはもう一つ、ファンタジーのことである。烏兎沼さんの『まんだら世界の民話』には作谷沢にまんだら世界を見ようとする想像力が働いていた。山形の民話、伝説を素材としたファンタジーを『もんぺの子』は生み出してほしい。また、東北地方には「征伐される鬼」の伝説が多いが、この「鬼」の側に立った物語もほしいのである。

さらに地域で考えるなら、ぼくは去年野田正彰『戦争と罪責』(岩波書店、1998年)によってやっと土屋芳雄氏のことを知った。土屋氏は朝日新聞社山形支局の『聞き書きある憲兵の記録』によると上山出身、徴兵されて後憲兵となり、当時の満州国で抗満反日分子とされる人々を弾圧、迫害。敗戦後シベリアでの労働を経て、撫順の戦犯管理所に収容され、ある日自分の罪を自覚し、日本に帰国して後、自分の罪をさまざまな形で語っている。『山が泣いてる』とこの土屋氏を重ね合わせたらどうなるか。戦争の全体像とまではいかなくても戦争の別の様相が見えてくるのではなかろうか。また土屋氏の変化のなかに新しい人間像を見ることもできるのではなかろうか。

書く姿勢につながることだが、子どもと社会のことを真面目に考えてきた人ほど、今日の霧は重いのかもしれない。子どもの変化だけでなく、戦争法や国旗・国歌法がすんなり成立してしまう現在である。まじめに考えれば考えるほどいらだち、霧はべとつき、視界が開けない。

だが、もっとゆったりと構えてもよいのではないか。鈴木が「それなのに、何故、目に見えるものとの対峙に執着したのか」と自分をふりかえるのは、自分を縛っていたものの見方から新しいものの見方を手に入れようとすることである。見る目を変えれば視界も開けてくるのではないか。子どもたちの中に新しい豊かな芽が生まれているのを今までの見方にとらわれて、見落としていはしないか。

そこで書く姿勢そのもののことだが、『もんぺの子』には今まで子どもに何かを伝達しようという姿勢の方が強かったのではないか。自分が子どものとき何を楽しいと思って読んだのだろう。一度それをふりかえってみる必要もあるだろう。子どもに何かを教えるのではなく心の底から子どもと共に楽しもうではないか。

そして、笑いのことがある。ユーモアと哄笑、両方の笑いがほしい。

地域の解体、子どもの変化は日本の社会・文化の変動だが、この文化の変動の一つとしてぼくは児童文学の占めていた位置の変化があると思っている。現在子どもがふれあう物語は大きく次の四種に分けることができるだろう。①テレビ、テレビゲーム、アニメ等映像による物語と、②画像による物語としての漫画、③同じく絵による物語だが漫画とは別種の絵本、④ことばによる物語としての児童文学の四種である。そして、1970年代後半以降この物語群の歩みは「ことばによる物語」が子どもとの関係で占めていた位置が縮小していく歩みであったと見ることができる。

戦後の十数年間、児童文学をすぐれた文化財とし、漫画、絵物語を「俗悪」とする見方があった。1959年ごろ児童文学の革新とほぼ同時に起こってきた読書運動の中にもこの見方は尾を引いていたと思う。しかしこの見方はそれほど根拠があったものとは思えない。それぞれの物語ジャンルは人間が創造した手段であり、一方が一方より高いという根拠はない。

ぼくにはテレビゲームのことはわからないので除外してのことだが、漫画もアニメも質的に高いものを生み出してきて、今日に至る。ここで児童文学、子どもを第一の読者対象とした「ことばだからこその表現」を考えるべきだろう。もちろんそれにとらわれすぎる必要はないが、すぐれた映画ならではの表現がある。「ことばだからこその表現」は今後の課題の一つだと思う。

　ここまでいってきた「霧」を吹き払い、また霧の向こうを見るその方法をことばを変えていってみよう。最初の方で鳥越が当時の「新しい児童文学の動き」として『ヘイタイのいる村』ほか三編をあげたことをいったのだが、それらはすべて文学的実験作、冒険作だったといえる。今また、そうした実験作、冒険作がほしいのである。

　この願いは日本の児童文学全体に向かっての願いでもあり、またぼく自身に向かってのことばでもあるのだが、『もんぺの子』から新しい作品が生まれることを切に願っている。

山形童話の会・日本児童文学者協会山形支部・山形子どもの本研究会『もんぺの子』121号（古田足日さん追悼号）2014年12月

＊＊＊

『やまがた児童文学の系譜』の刊行が終わるとすぐ、私たちは『もんぺの子』121号に取りかかりました。その冒頭を、古田さんへの感謝と惜別の思いで構成しました。

　山形新聞に載せた追悼文「古田足日

さんを悼む」(２０１４年6月30日付、鈴木実)、『もんぺの子』を発刊し育てた須藤克三について古田さんが山形新聞に書いた『地域に根ざす』文化を求める――記録的童話書き、生活の矛盾発見」(思想するやまがた・第一部　郷土の先人たち、須藤克三、１９９７年9月3日付)と『魅力的な児童文学を求めて――戦後日本児童文学のこれまで・いま・これからの課題』(２００6年10月、山形童話の会刊)というものです。

最後の『魅力的な児童文学を求めて』は、古田さんから、「再版するときは、字句の一部訂正」を要望されていたこと、また、この古田さんと今関さんとの、２００５(平成17)年におこなわれた、平成17年度やまがた文学祭・第37回「子どもの本と児童文化のつどい」での、2日間にわたる対談は、現在の日本全体の児童文学の状況を語った、きわめて大切なものでした。が、私たちにとっては、古田さんが語ったことは、「山形の児童文学活動に対する『これまで・いま・これから』を、懇切・丁寧に、励ましと期待を込めて語ったものでもあり、私たち山形の児童文学活動のあり方・方向に、具体的で、貴重な導きを示してくださったものでもありました。そして、それは、古田さんの私たちの山形での児童文学活動への、最後のメッセージとなったものでした。『もんぺの子』１２１号は、山形の児童文学活動の次代を担う花烏賊《はないか》康繁の懸命の努力によって、同年12月にできあがりました。

古田さん、ありがとうございました。

(すずき・みのる)

古田足日と児童文学者協会、そして評論研

児童文学評論家・日本児童文学者協会事務局長
藤田のぼる

児文協事務局勤務から常任委員へ――50年代

「全集　古田足日子どもの本」別巻所収の年譜に「児童文学者協会（児文協）」の名が初めて出てくるのは、1955年（28歳）の項で、「十二月、児童文学者協会の常任委員となる」とある。そして翌56年の項には「一月、日本児童文学者協会事務局に勤務する」とある。この記述には一部不正確なところがあり、協会が創立時の名称の「児童文学者協会」を「日本児童文学者協会」と改称したのは1958年、社団法人の申請に当たってのことだった。だから、右に引用した56年の「日本児童文学者協会事務局」は、正しくは「児童文学者協会事務局」である。

それにしても、いきなり「常任委員となる」とあり、いつ入会

したのかがわからない。協会の五十年史『戦後児童文学の50年』には、巻末資料として「日本児童文学者協会歴代会員名簿」があり、これによれば古田さんの入会は53年である。同年に鳥越信氏も入会している。53年といえば、早大童話会のいわゆる「少年文学宣言」が発表された年で、時を同じくして（9月）、古田さんは早稲田大学を中退、そして11月には文恵夫人と結婚という、まさに転機の年だった。既成の児童文学界を真っ向から批判した「少年文学宣言」を出した時期に、旧世代の総本山（？）ともいえる児文協に入会したというのは、やや意外な感もあるが、上笙一郎さんから、「自分たち（当時の若手世代）は、児文協を中から改革するつもりで入会した」というような話を聞いたことがあるから、古田さんにも同様の意識はあったろう。ただそれだけではなく、学生という身分に見切りをつけて、これからはモノカキとして独り立ちしていこうという決意の表れ、でもあったように思う。

さて、冒頭に引用したように、その2年後に早くも「常任委員」、今でいえば「常任理事」になる（もっともこの頃の常任委員は10人前後と数が多く、常任委員会が現在の理事会の役割を果たしていた）。この時同時に選出された常任委員は、以下の人たちである。――猪野省三・神戸淳吉・来栖良夫・小林純一・関英雄・奈街三郎・福井研介・山本和夫。古田さんより7歳年長の神戸淳吉さんを除けば、まさに草創期の児文協の活動を中心的に担った人たちである。その中に若手が一角を占めたともいえるし、取り込まれたともいえる。むしろ、その答えは後から出てくるべきものだったろう。

そして、古田さんは翌56年から児童文学者協会の事務局に勤め始める。これはまあ、「生活のため」という側面が強かったのではないか。「モノカキとして独り立ち」といっても、評論家では経済的に成り立ちようがない。協会には、有望な若手を事務局員として働かせることで（経済的に）支援する、という革命的伝統（？）があり、この後も、先生をやめて兵庫県から東京に出てきた横谷輝さん、新人賞受賞後早大を卒業した川北亮司さん等がその恩恵に与っている。29歳で教員を辞して協会事務局に入った僕も、（有望だったかどうかはともかく）その口に入るだろう。古田さんが事務局にいたことは知っていたし、「さよなら未明」を書いた後、未明のもとに『日本児童文学』の原稿を取りに行った話なども聞いた覚えがある。ただ、勤めていたのは精々一、二年のことだったろうという印象だったが、年譜を見ると退職は59年12月で、まる4年いたことになる。僕が聞いた、「少なくともまじめな事務局員ではなかった」という本人の証言はその通りだったと思うが（笑）、この時に協会を内から見ることができたのは少なからぬ意味を持っただろう。古田さんはその後児文協を舞台にさまざまな文学運動を展開し、最後まで協会に対して文学的、組織的な問題提起をし続けたが、一方で児文協べったりという感じではなく、その組織としての限界や弱さも見極めつつ、相対化とでもいうか、児文協でできることは児文協でやればいいし、できないことは別の形でやればいいといった、ある種の距離感を持ってもいた。それがまた、古田さんの運動の厚み、人脈の広さにつながっていたように思う。

現代児童文学再出発とともに——60・70年代

古田さんが協会事務局を辞した59年は、現代児童文学出発の年でもある。ただ、それが定着、浸透していくにはやはりある程度の時間が必要で、児童文学というジャンルが一応の市民権を得たという感じになったのは、やはり60年代後半になってからだった。そして、このあたりから協会の活動はかなり外向きというか、開かれたものになっていき、それを推進したのが古田さんや同世代の働き手たちだった。

まず67年に、その後の「夏のゼミナール」「サマースクール」の前身である「第一回言語教育と幼児童話夏季講習会」が静岡・熱川温泉で400名の参加を得て開催される。「児童文学」ではなく「言語教育・幼児童話」と銘打ったのは、教員や保育者が夏休みの講習会として公認で参加することができる便宜のためと聞くが、これは古田さんや北川幸比古さんのアイデアだったらしい。当時幼稚園教員だった今関信子さんは第二回（新潟・赤倉温泉）に参加、秋田大学の学生だった僕もまた、72年に山形・上山で開催された第六回夏季講座に参加したのが、協会との初めての直接の出会いである。

もう一つのイベントは67年から76年まで開催された「児童文学セミナー」で、このセミナーの熱気は、当時の『日本児童文学』からもうかがい知ることができる。そしてこれと前後して71年に、今に続く児童文学学校がスタートする。加えて批評・評論教室が開講され、その第二期が75年の2~3月に行われる。これがこの後述べる「児童文学評論研究会(評論研)」誕生の直接の契機となった。

もう一つの契機は、その前年『日本児童文学』74年10月号で特集「現代児童文学の出発点」が組まれたことで、この時の編集長は砂田弘さん、古田さんが担当編集委員だった。先に述べたように、60年代後半あたりから児童文学が市民権を得、70年代に入るあたりでは「花盛り」という言葉も使われるようになった。児童文学で食える時代になったのだ。だが古田さんはそうした状況の中で次々に出版される本の内実に対して、かなりの危機感をも抱いていた。こうした児童文学が、果たして自分たちが目指していたものなのか。それを検証するために上記の特集が企画され、若い批評家にその検証を託そうとした。とはいえ、作家を目指す人は多いが、評論を書こうという者は少ない。この時に、第一期の批評・評論教室に参加していた細谷建治、天野悦子、そしてたまたまこの時期に(子どもの文化研究所の講座で)古田さんの目の前に現れた僕が、言わば捕まったことになった。この20代3人に、もう少し年上の大岡秀明、松田司郎を加えて、特集に発表する評論を、古田、砂田を交えて事前に合評する場が持たれたのだ。それで、この集まりを何らかの形で残したいということで、先に書いた第二期の批評・評論教室(ここにはまだ19歳の宮川健郎がいた)の最終日に僕らが合流し、評論研がスタートすることになった。古田さん、砂田さんが肝煎りという感じで、それぞれの書いた評論を合評し合う毎月の例会に、当初は二人も参加していた。75年だから、今年で40年続いていることになる。ここから、河野孝之、佐藤宗子、石井直人、西山利佳、奥山恵等が育った。

多くの人と出会い、提起し続けて

言うまでもなく古田さんは、協会内外に働きかけて、60年代の「あかつき戦闘隊」懸賞事件、70年前後の「ベトナムとわたしの会」、そして80年代の国語教科書「偏向」問題など、社会的な問題への対応で中心的な役割を果たしたし、協会の中でも機関誌、研究、著作権等、ほとんどの部署で活躍した。そして、97年からの5年間、協会の会長を務めた。

だが僕の印象では、やはり古田さんは夏の集会など「事業部」の活動が好きだった。それは多分、そこに実にさまざまな出会いがあるからだったと思う。僕自身、古田足日との出会いがなければ、児童文学評論の仕事をしたり協会事務局の仕事を長く続けたりということは、まずなかったろう。そんなふうに、古田さんは多くの人と出会い、多くの人に影響を与えた。同時に、「親しき中に提起あり」という感じで、決して人間関係に堕することなく、協会に対してもまわりの一人ひとりに対しても、仕事の内実について最後まで問題提起的な視線を崩さなかった。その意味で、自分にも他者にも厳しい人だった、と思う。古田さん亡き今、僕らはその厳しさを自身で律していくしかあるまい。（ふじた・のぼる）

全力で刊行した古田全集

元童心社編集長・古田塾
池田陽一

児童文学の旗手・古田先生との出会い

私が働いていた童心社は2006年3月に創業50周年を迎え、同年8月22日に文京区の巣鴨で新社屋のお披露目の会を行った。そのときの古田先生の祝辞は、今でも忘れられない。童心社の創業者である村松金治氏の「児童が優れた児童図書を手にすることは全宇宙を自分の手にすることだ」、「それはいまわしい戦争を止める力を持っている」という言葉を紹介しながら、童心社の歴史と出版社としての姿勢について語られ、社員を励ましてくださった。この言葉は同時に、古田先生ご自身の子どもの本に関わる姿勢の基本でもあったと思う。

古田先生が戦後の「児童文学の旗手」だったというのは論をま

たないと思う。旗手とは文字どおり旗ふり役である。先生は評論家、読書運動家、児童文化研究家、児童文学作家として、様々な場で懸命に日本の児童文学の旗をふってこられた。そして、常に読者である子どものことを考え続け、子どもが育つ環境と平和のことを考えながら活動してきたことは誰もが認めるだろう。

古田先生との出会いは、私が日本児童文学者協会の事務局に勤務するようになってからだ。私は縁あって1975年の7月から3年8か月間協会の事務局にお世話になった。当時、古田先生は理事として協会の事業に精力的に取り組み、また76年から県立山口女子大学の教授として児童文化の研究もされていた。協会の活動について先生と電話連絡をしたり、上京して出席された会議のあとの酒席でお話を聞いたり、その後麻雀のお相手をさせていただいたりした。電話での先生の長い沈黙に焦らされたときの緊張感や、麻雀で会心の上がりをしたときの少年のような先生の笑顔に、思わずつられて一緒に笑ってしまったことなどが忘れられない。

1979年の3月、私は事務局を退局し、80年の4月に童心社に入社するのだが、そのときの身元保証人は歴史児童文学の来栖良夫先生と古田先生だった。

児童文化全体の視点から古田塾を構想

古田先生との本格的な交わりは、先生が80年の3月に山口から東京に戻られてからになる。先生はその前年あたりから、東京での活動を児童文学だけでなく児童文化の研究を様々な問題意識を持った若い人たちとともにやりたいと考えておられた。それは、「子どもの文化研究所」を会場にした「古田教室」の連続講座として始まり、81年5月から「古田塾」に発展した。この試みは、先生なりの後進の指導の場でもあった。私は童心社に入社する前一年間フリーだったので、お手伝いをすることになった。

古田塾の構想は、子どもの本のあるべき姿を児童文化全体の視点からも考えたいということだったと思う。私は塾生の選考作業にも関わることになり、先生としばしば打ち合わせをするようになった。「古田塾」はその後1999年まで続くことになるが、この間の先生との交わりが、後年、全集の編集作業にとってきわめて大きな力になった。

全集刊行に向け始動

「全集　古田足日子どもの本」(全13巻・別巻)は、1993年11月に童心社創業35周年記念出版として全巻同時刊行された。当時のことを振り返るにはあまりに時間がたちすぎ、また多くの出来事があり、まとめることが難しい。私は編集実務担当者として、91年頃から刊行時まで丸3年ほとんどの時間と精力をこの仕事のために費やした。編集者としてはきわめて貴重で幸せな体験だった。

全集の編集作業の資料やメモを改めて見直してみると、一応まとまったものは90年6月

11日の「全集概要（案）」から始まっている。その前文にはこうある。「わが国の戦後の児童文学の代表的作家であり、評論家、読書運動家、児童文化研究家としてもすぐれた業績をあげている古田足日先生の児童文学作品に限った全集である。学校図書館、公共図書館むけの全集ではあるが、子ども読者にも親しめるものにしたい」と、評論は含まれていない。〈巻数〉は「全十二巻」または「全十巻・別巻二」、〈刊行時期〉は1991年4月から1992年3月まで毎月配本、〈体裁〉はA5判300頁以内、月報付き、グレードにより本文体裁を二種類にして挿絵を入れる、とある。また、編集の課題として、「読み物をどうするか」「未完の作品をどうするか」「短編をどうするか」「編集委員を委嘱するか、個人選集にするか」「ブックデザインおよび挿絵をどなたにお願いするか」とあり、販売の課題として「大型企画としてプロジェクト体制の必要性」「刊行時期と刊行形態」「経費面など会社としての基本方針の必要性」が提起されている。

童心社では、90年のはじめ頃に創業35周年の記念出版企画の全社アンケートがあり、私は「古田全集」を提案した（創業者である当時の村松金治社長と酒井京子編集長も同じ提案をしたと記憶している）。

こうしてこの企画は、全社的な取り組みになっていく。全集のプロジェクト会議は、刊行されるまで30回ほど行われ、全集の成功のため様々な角度から議論を行いつつ進行した。

当時の記録を振り返ると、常に議論され続けたのは、「出版することの意義」と「子ども読者をどう考えるか」ということであり、その問題意識を反映させた全集づくりということだった。先生自身がそのことを常に提起され、全社的にも対外的にも明らかにしていく必要を述べられ、それがまとまらないなら全集の刊行をやめてもいいとの考えだった。本来、先生の仕事の大きな柱である評論抜きの全集は考えられないのは明らかだったが、同時に子ども読者を考えつつ、普及を図る必要もあり、全集のあり方について何人かの識者の意見を聞く調査活動も行い、あのようなスタイルになった。

それまでにない児童文学全集の試み

古田全集は作者の個人選集だが、企画構成の立案に編集協力委員の果たした力は大きい。田畑精一、西山利佳、藤田のぼる、宮川健郎の四氏である。実は全集刊行決定前から、編集実務をお願いすることになる編集プロダクション「恒人社」の伊藤英治氏とはことあるごとに全集について話し合っていて、大まかな巻構成についてはプランがあった。それをもとに、古田先生の意向をくんで素案をつくった。その案をまとめる会議が92年の1月23日の第一回検討会である。検討会は数回行われたが、参加者は古田先生と編集協力委員の各氏、伊藤氏、デザインをお願いした谷口広樹氏と酒井編集長と私の9名であった。討議はきわめて活発で、特に若い宮川、藤田、西山三氏からの編集企画への補強意見は多彩だったと記憶している。

プロジェクト会議を重ねる中で、巻構成が固まっていき、月報ではなく作品の後に第二部として「古田足日らんど」をつくり、子どもたちの手紙や感想文、実践記録、人物エッセイなどを収録することにした。さらに作者自身のエッセイや評論・論文の抜粋も再録するという、それまでの児童文学全集にない試みがされることになった。そして、何より最大の変更は、刊行の形態が毎月刊行から全巻同時刊行になったことだ。それは、弱小出版社が全集を刊行する過程で、大きなリスクを避けるためだった。

奇跡的な全13巻・別巻同時刊行

全集の全巻同時刊行を実現するための編集実務の負担は、きわめて大きいものだった。何巻もの制作実務が同時進行で進んでいく。そのことによるスケジュールは恒人社、印刷会社の光陽印刷（現・光陽メディア）と担当の相沢克巳氏、編集部、そしてもちろん古田先生にとってもきわめて過密だった。今考えると、あの時期にあの巻数を同時刊行できたのは奇跡に近い。

古田先生は遅筆で有名だった。物事を深く考えながら執筆をする先生から、決められたスケジュールの中で著者校正をいただくのはもちろん、「あとがき」の書き下ろし原稿をいただくのは最も困難なことだった。しかし、先生はこの全集を待つ子ども読者のために、作家としての責任で全力投球してくださった。

刊行ぎりぎりの時期になり、私がフラフラの状態で先生のお宅にお邪魔すると、先生はいつも励ましの言葉をかけてくださった。そして、文恵夫人の優しい心遣いと笑顔に何度となく力づけられたことを思い出す。

子ども読者と平和を考える普及の旅

刊行が成って私はほとんど「燃え尽き症候群」状態だったが、すぐに普及のため全社員による全国行脚が始まった。私は富山を担当し、さらに先生の講演に同行し福岡、京都、愛媛などを回った。その後先生とは、沖縄や台湾などにも同行させていただいた。

それらの旅は懐かしい思い出だが、同時にいつも子ども読者と平和のために何ができるのか、何をしなければならないかを、先生によって改めて考えさせられる機会でもあったのである。先生には感謝の言葉しかない。

（いけだ・よういち）

古田足日さんと出会った日々

『わたしたちのアジア・太平洋戦争』をつくって

女性史研究者・らいてうの家館長
米田佐代子

『父が語る太平洋戦争』から『わたしたちのアジア・太平洋戦争』へ

共働きで子育てをしていたころ、わたしにとって古田足日さんは子どもに読み聞かせをしてやる本の作家として仰ぎ見る存在だった。それから20年も経ったある日、童心社から「子ども向けに戦争体験の本をつくるのに協力を」というお話をいただき、児童文学とは無縁のわたしを指名したのは古田さんご自身だと聞いて感激したことを覚えている。

古田さんは、以前童心社から『父が語る太平洋戦争』（1969年）という本を出しておられたが、それを「今の時代に合わせて新しくつくりなおそう」と考えたのだという。理由の一つは「被害者意識が強すぎたということ」、もう一つは「『父が語る』というとらえ方の問題」だと古田さんはいわれた。

それは、わたしが女性史をやっていてぶつかってきたことと一致していた。戦争体験は「戦場の悲惨な経験」としてだけでなく、女や子どもたちの日常生活の体験としても語られなければならないという声が出て、空襲や原爆投下、満蒙開拓団や沖縄戦などの体験が肉声で語られるようになり、やがて自分たちの「被害体験」を通じて、同じ戦争で日本の侵略によりアジアの人びとがこうむった被害に気がついていく。日本軍「慰安婦」であった金学順さんが長い沈黙を経て自ら名乗り出たのが1991年、日本の「戦争責任」を一人ひとりがどう自覚するかが問われた時代であった。

直接戦場に出ることのなかった女や子どもたちは、戦争の被害者であるけれど同時に戦争を支えた「国民」の一員だった。しかしその彼ら彼女らを「戦争加担」と決めつけるだけでいいだろうか。戦争体験者はどのような思いで戦争の時代から戦後を生きたのか、戦争を知らない世代は何を受け継ぐべきか、その思いを伝える証言集にしたいと思った。

わたしの母は戦争末期に二番目の息子（わたしの兄）が十五歳で少年兵に志願するのを止めることができず、敗戦2か月前に米軍機の爆撃によって「戦死」させてしまったことを、1994年90歳で亡くなるまで「自分の責任」と思いつめてきた。その兄が軍隊に入隊するのを、日の丸の旗を振って見送った9歳のわたしにも戦争加担の責任はあるのだろうか。古田さんと出会ったのは、自分自身にそう問いかけていたときだった。

児童文学と「子どもの戦争責任」
——『フリードリヒ』をめぐる議論から

子育て時代、わたしは『あのころはフリードリヒがいた』（岩波少年文庫、1977年）という本を読んだ。1925年生まれのドイツ人作家ハンス・ペーター・リヒターが、自分の少年時代の体験をもとに書いた本である。主人公の「ぼく」と仲良しだったユダヤ人少年フリードリヒは、ナチス政権の成立とともに学校からも追われ、近所の人からも迫害されるようになり、「ぼく」の父母は一家をかばうのだが、やがてそれもできなくなって行く。

そして母を病気で失い、父を強制収容所に連行されてひとりぼっちになったフリードリヒは、町が空襲されたときみんなが逃げ込んだ防空壕から追い出され、爆弾の嵐が荒れ狂う戸外で血を流して死ぬ。「ぼく」も父や母たちも彼が防空壕から追い出されるのを止めることができず、彼を助けることができなかったのだ……。

わたしは、古田さんに「日本の児童文学が戦争をとりあげるとき、子どもの悲惨な戦争体験を書くことは必要だと思うけれど、『フリードリヒ』のように善意の市民なのにユダヤ人少年を助けることができなかったという、いわば「子どもの戦争責任」という視点から書かれた作品はあまりないような気がしますが、なぜでしょうか」と質問した。失礼な質問だったかもしれない。けれども古田さんは耳を傾けて聞き、そして「そうだよ。それがぼくら自身の課題なんだよ」と絞り出すように答えてくださったのであった。

古田さんが書いた「忠君愛国大君のため」

『わたしたちのアジア・太平洋戦争』全3巻は戦後生まれの西山利佳さんも編集委員に加わって、数年がかりで完成した。全部で1000ページに及ぶ分量と、戦場体験をはじめ空襲や原爆投下や沖縄戦の体験、さらに日本政府に謝罪と補償を求めて「慰安婦訴訟」を起こした宋神道さんの証言をはじめ、日本が戦争ちゅう中国や東南アジアでおこなった残虐行為などもとりあげた内容に、「児童書として読まれるだろうか」という不安もあった。しかし、父母や教師、戦争を知らない若い世代にも読んでもらいたいという古田さんの考えにみんな賛成したのだった。

わたしも第3巻に母の戦中戦後体験を書いたが、なんといっても圧巻は第1巻の巻頭に古田さんが書いた「忠君愛国大君のため――ぼくはアジア・太平洋戦争のなかでこう育った」だったと思う。1927年に生まれ、「四歳のときに満州事変、小学校四年のとき日中戦争、(旧制)中学校三年で太平洋戦争」を経験した古田さんが、どのようにして「忠君愛国大君のため」という思想に染め上げられていったか、そして敗戦後「生き方の根本」

を見失った模索のなかから児童文学に近づき、天皇は「はだかの王様」だということに気がついていったかを、古田さんは誠実に書いてくださった。わたしの失礼な質問を古田さんは忘れておられなかったのだと思った。

完成したとき、すでに六人の証言者が亡くなり、その後も何人もの方が世を去った。「慰安婦問題」解決を求める国際世論に、日本政府は今も反発し続けている。日本の戦争責任についての発言すら「自虐的」と非難される現在、この本は古田さんでなければ出せなかったことを痛感している。

『わたしたちのアジア・太平洋戦争』
編／古田足日・米田佐代子・西山利佳
ブックデザイン／谷口広樹、童心社、2004年

生きているものがうけつぐべきこと

古田さんは、そのように誠実そのものの人であった。探求心旺盛で、新聞記事も山のように切抜いておられ、わたしが女性の戦争体験記などを紹介するとすぐに買い求められた。絶版と聞くとたちまち必要な部分をコピーする熱心さであった。子どものような好奇心とともに新しい視点への関心の深さをあらわしていたような気がする。編集会議が長引くなかでも新しい仕事をされ、その1冊が

『さくらさひめの大しごと』(童心社、２００1年)であった。神話の世界に寄せて「タネの神」である女の子が大活躍するものがたりに、古田さんの未来への希望が込められているようで、うれしかった。

「忠君愛国大君のため」のむすびに「憲法九条はいう。『日本国民は、正義と秩序を基調とする国際平和を誠実に希求し国権の発動たる戦争と、武力による威嚇又は武力の行使は、国際紛争を解決する手段としては、永久にこれを放棄する』。ぼくはこれをまもっていきたい」とある。「集団的自衛権」の名のもとに「九条」が壊されようとする今、生きているものはこの古田さんの「遺言」をうけつがなくてはならないと思っている。

(よねだ・さよこ)

(日本子どもの本研究会編集『子どもの本棚』No.５５２／２０1４年10月号)

文化の視点で子どもをとらえる
21世紀への提言と子どもの文化研究所

子どもの文化研究所事務局長
鈴木孝子

古田足日先生には、子どもの文化研究所（以下・文化研）40余年の歩みの節目となる場面で、進むべき道について、多くの御教示をいただきました。子どもの文化研究と文化財のあり方や、課題への対応など、基本的な姿勢と方法を具体的に的確に示唆してくださり、私たちはどんなに励まされたかわかりません。

古田先生は、子どもの成長発達を文化との関連で追究し、文化の獲得はその内面化、個人化であると考え、それを原点に子どもたちのさまざまな問題をとらえ対処していくことが、今、子どもの文化に求められていると、教示されました。

子どもをめぐる状況が厳しさを増している今こそ、先生が示された提言を紹介し、「子どもと文化」について考えていただければと思います。

古田足日さん、撮影年不明

〔1976年〕

「子どもの文化はだれがつくるか」をテーマにした文化研所員会議へ、山口からかけつけた先生は、五つの問題を提起し、子どももまた文化をつくる主体であり、「おとながつくる文化の中での子どもの成長」と「子どもがつくる文化の中での子どもの成長」、この二つの成長路線の関連、構造が、文化的成長の法則と言えるのではないか、と論じられた。

〔1981年〕

新築された子どもの文化学校に「古田足日児童文学塾」を設立してくださった。「児童文学はほんわかと楽しいものだけではありません。3歳の子でさえ幼稚園の入園抽せんに落ち、ショックを受けるというようなこの現代で、もっと子どもを見つめ、新しい児童文学のあり方をさぐろうとする人を歓迎します」の呼びかけ文が注目された。

〔1982年〕

「子どもと文化」(矢川徳光他編『民主教育の課題』〈講座・現代教育学の理論〉第2巻、青木書店、1982年)を読むことから「子どもと文化研究会」(古田研)を文化研の研究会として発足させて、教育学者の田中孝彦氏等と「現代の子ども像」を縦横に話し合われた。

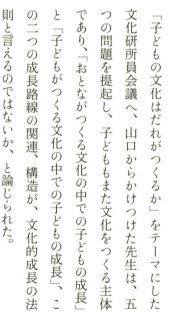

〔1993～95年〕

21世紀を見すえて子どもの文化研究所は何をめざすのか――プロジェクトを古田先生が座長となって取り組まれ、その結果を96年に「21世紀、子どもの文化研がめざすもの」として、新しい趣意書にまとめられた。それはまさに21世紀にふさわしいもので、子どもの文化研究所の支柱になる五つの課題が提示された。

①幸せの条件は平和です　（私たちは、戦争のない社会の実現に努力するとともに、地球環境を脅かし、子どもの権利を侵すものすべてに、〝No〟と言います）。

②子どもは育ちの主人公　（子どもたちは、本来、生きる力や育とうとする意欲を持っており、自らが育ちの主人公です。その育ちの土壌を耕していきたいのです）。

③文化という視点　（子どもたちの育ちは、人やものとの関わり、自然や歴史と出会う中、さまざまな文化を自分のものにし、仲間と共有し、さらに新しい文化を創り出していく過程です）。

④育てる文化と生活文化　（私たちは、文化のもたらす喜び・楽しさ・安らぎを子どもたちに手渡すと共に、変容し続ける私たちの生活を見つめ、子どもの育ちに関わるあらゆる文化の意味を問い続けていきます）。

⑤新しい子どもの時代を　（子どもたちとともに、地球時代にふさわしい新しい子ども時代を実現し、21世紀を人間らしい世界に創りあげていきたいと考えています）。

［1995年］

第30期子どもの文化学校長に就任され、「保育文化」の大切さと子どもの発達と「原風景」の関係について、入学式等でよく次のように話された。

人間をその人間たらしめているものの土台の一つとして「原風景」を考え、さらに、「原風景」は固定したものではなく、個人の内面で「原風景」は育てられていくと考えている。そのように考えることで、「原風景」はそれぞれの個人の文化の内面化の土台であり、外部の文化と出会ってそれを内面化していく際の触媒の役割も果たす。子どもに文化を提供する親や保育者、教育者にとってきわめて重要なことである。一人ひとりの子どもの個性を把握し、個性の土台となっている子どもそれぞれの「原風景」を顧慮しながら接していくことは、教育と保育の基本として忘れてはならないことである。

［1998年］

5月から文化研創立30年に向けて研究誌『別冊 子どもの文化』の創刊を提案されて、編集長となり、99年5月刊の創刊号には「子どもの成長を『文化の視点』からとらえたい」と創刊の辞を書かれた。

これは、これ以後の子どもの文化研究所運動の課題であると私たちは受けとめました。

［2000年以降］

研究誌や月刊『子どもの文化』への執筆やインタビュー記事が中心だったが、やはり、「子どもの文化研究所」にとって、大きな位置を占めてくださっていた。
『子どもの文化』2005年7＋8月号で「戦争体験の語り継ぎと体験の思想化」論を示し、2007年研究誌では「1960年代の児童文化概念」を語られ、2013年7＋8月号の「絵本の力」の特集では、読み継がれる絵本は子どもそのものがきちんと描かれていること、絵本でなければできないものが描かれていること等『おしいれのぼうけん』に即して語っていただいた。

今、子どもの文化研究所は、加藤理氏（文教大学教授）を中心に『「子どもと文化」の今日的意味と課題——古田足日氏から託された宿題』と題して、古田先生の「子どもと文化」論を今日的課題をもって我々がどう受け継ぎどう発展させていくべきかをまとめていこうと考えている。2016年春には刊行して、先生の墓前にお届けしたい。

研究誌『別冊 子どもの文化』創刊号、子どもの文化研究所、1999年5月

古田先生には、本当にたくさんの御指導をいただきました。でも、文化研へお見えになられたときは、我が家での麻雀大会が定例でした。きれいな手で上がる先生はお強かった。「麻雀にも品格があります」と語られた真剣なお顔が忘れられません。

（すずき・たかこ）

研究誌『別冊 子どもの文化』創刊にあたって

子どもの成長を「文化の視点」からとらえたい

古田足日

本誌の願い

私たち、子どもの文化研究所（以下「研究所」と略称）は創立30周年という節目をむかえて、この研究誌『別冊 子どもの文化』を創刊した。ぼくは研究所所員の一人として「こうした雑誌」の発行を願ってきた。それはどういう雑誌なのか、その願いを記しておきたい。

ぼくは研究所の活動には、広く一般に働きかける活動と専門的な研究活動との二つの面があると思っている。もちろんこの二つは完全に分離されているものではないが、夏のセミナーや文化学校は前者であり、雑誌『子どもの文化』の内容もやはり前者に属している部分が多いものと思う。専門的な研究活動にはこれまた二つの部分がある。一つは紙芝居の研究のように創造に直結するものであり、もう一つは理論的な研究である。本誌はこの理論的な研究活動の発展を願って創刊された。

現在ぼくたちは今さらいうまでもなく子どもに関わるさまざまな問題に直面している。たとえば「荒れる」「キレる」子どもだが、その問題にむかって教育学や社会学、心理学の分野の研究者たちが発言してきた。そのそれぞれにうなずき、教えられながら、ぼくには「文化」に関わる発言は十分ではないという印象が残っている。「文化」の側からは他の分野からほど子どもに迫っていないという印象である。それはおそらく研究の蓄積が足りないからだと思う。

この雑誌はその「文化」に関わる研究を幾分かでも進めたいという願いの上に立っている。

研究所は1997年「私たちのめざすもの」という趣意書をつくった。その中に「子どもの育ちに関わるあらゆる文化の意味を問い続けていきます」ということばがある。本誌はこの趣意書にある通り、「子どもの育ち」――子どもの成長と文化に関わる論、研究を発表し、討論していく雑誌になりたい。こう述べると、「児童文化」研究の専門誌かと受け取る人もいるかもしれない。しかし、そうではない。子どもと「児童文化」の関係ではなく、より広く「子どもと文化」の関係をさぐることによって子どもの深部に近づきたい。

「文化」の概念

「子どもと文化」の関係をさぐるやり方はいろいろあるだろうが、その重要な一つに「文化という視点」から子どもの成長をさぐるということがある。

　ただその内容に入っていく前に「文化」ということばの使い方の問題がある。このことばが多義的なことはいうまでもない。かつて所員上田融が「子どもの文化」をピラミッド型と表現した[1]ことを受け、ぼくもやはり上田とはその内容が少々違うが「文化」の概念をピラミッド型としてイメージしている。底辺に広義の文化――社会全体の文化があり、てっぺんの方に精神文化といわれるような哲学とか芸術がある。そして、そのあいだにさまざまの「文化」がある。ぼくがこの文中で使う「文化」はおおむね広義のものだが、そうではない使い方をする場合もあることをあらかじめおことわりしておきたい。

　現在「児童文化」の一般的概念は二つの部分から成り立っていると思う。一つは「文化」を価値あるものとして使い、「非文化的」なものに対比させる使用法である。もう一つはさまざまの児童文化財を中心とし、子どもの児童文化活動と児童文化施設等を指す領域的な概念である。それに対してぼくがここでいう「文化」は、今いったように広義の「文化」である。「児童文化」は「野蛮」も文化であるという考え方はしりぞけた[2]が、ぼくはこの考え方に立っている。それはまた、領域概念に限定されないこの社会全体の文化を指す広い使い方である。

そして、子どもは自然環境と社会全体の文化の中で育つ。子どもについてときに学校教育に全責任を負わせるようなマスコミ論調もあったが、子どもは何も学校教育だけで育つものではない。その「文化」は空気のように子どものまわりにあり、大人たちの何気ない会話や街の風景、看板、広告、そこに流れる音楽、行き交う車などなども子どもの「形成」に参加する。本があり、テレビがあり、テレビゲームがある。友だちづきあいがあり、大人との関係がある。意図的、無意図的な園文化、学校文化があり、そして学校教育がある。

文化の内面化　その一例としての原風景

その外部の文化を取り入れ、外部の文化や自然環境に刺激されて子どもは一人ひとり自分の内面の文化をつくる。ぼくは1982年に出した「子どもと文化」[3]の中で子どもの成長とは文化の獲得、内面化、個人化であるという考えを提出した。ぼくは次のように書いた。「ある個人は生物学的素質に根をおろしたその人間をその人間たらしめるものを中心に、一身の中にその人なりに個人化された文化の体系を内面化している」。そして、その人たらしめるものの「周辺に役割行動的なもの——文化の構成要素として社会的体系に属するものや、技術の体系があるのではなかろうか[4]」。

かつて「児童文化」は外部の文化の「影響」を重視した。しかし、外部の文化はストレートに子どもの内面に入るものではない。子どもは自分の感覚や、今までに自分の内に育っている文化によって外部の文化を屈折させて受け取り、自分の内面の文化として育てていく。

ぼくは外部の文化、自然だけでなく、この内面の文化に光をあて、そこから子どもの成長を考えたい。それは「文化という視点」から子どもの成長をさぐるということになるだろうと、ぼくは思っている。少なくともその重要な一つである。

子どもが、人間が外から受け取ったものを自分の内面で「文化」として育てていくにはどういう力が働くのか。ぼくは「子どもと文化」を書いたころから、「その人間をその人間たらしめているもの」の土台の一つとして「原風景」といわれるものがあるのではないかと考えていた。その後、それを一歩進めて、「原風景」は固定しているものではなく、その人が「原風景」を自分の内面に育てていくと考えたとき[5]、「自分を自分たらしめるもの」と文化の内面化は結びついた。「原風景」はその個人の文化の内面化の土台、また外部の事象と出会って、それを内面化していく触媒の役割も果たすものとして考えることができる。

前後したが、「原風景」について一言説明しておこう。このことばを重要な意味あることばとして提出したのは文芸評論家の奥野健男だが、彼はその『文学における原風景』[6]の中で「原風景」はその作家の文学が「ここから産まれる」ものととらえ、その性質を次のようにいった。「それは恥とコンプレックスと憎しみのるつぼである。と同時になつかしくかなしい安息の母胎である」[7]。また文化人類学者の岩田慶治は原風景の概念を次のように説明した。「それは幼時の風景、忘れようとして忘れられない風景である。事あるごとにそこにたち帰り、たち帰ることによって自らを力づけてくれる風景である。己のアイデンティティーの土台といってもよいだろう」[8]。

このように「原風景」は「文化」（ここでは「広い文化」ではなく、教育、文化などと並べる場合の文化）の方から出てきたことばである。これは社会学や教育学ではなく、「文化」の分野から子どもという課題に迫っていくことば、視点である。

「原風景」は文化という視点から、文化の内面化の問題にこのように迫っていくというその一例である。こうしたことば、方法をもっとほかに発見、創造できないものか。

現在からの要請　人工的環境

「原風景」はいつの時代にも通じる見方である。だが、「文化の視点」から子どもと、子どもの成長を見るのはそういう原理的な面からの追求だけではなく、現在からの要請でもある。

戦後50数年の中でふりかえると、経済の高度成長が始まる1960年ごろまでは、幼い子どもの第一義的な環境は家族や友だち、まわりの自然環境だったが、今その環境は十重二十重といってよいくらいの文化的環境（この「文化」は「人工的」というのに近い）に変化している。それは何よりもメディアに囲まれた環境である。編集委員の一人石井直人はそれを「都市化・消費化・情報化」(9)といっている。インターネット社会も目前に迫っている。

その一方には学校教育の肥大化がある。ぼくは現在の日本の社会をかたちづくっている突出した原理として荒々しい資本主義の競争原理があると思うが、それが学校の支配的原理ともなっている場合が多いと思う。さらにこの原理は子どもの生きる社会全体の空気として子どものまわりにあり、また日常化したメディアを通して子どもに働きかけてくる。

今の子どもはこうした外部の文化の中で自分の内面の文化を形成する。

子どもが内面の文化を形成していくのに働く力の一つに、「文化的」な力がある。それは狭い意味の「文化」でことばやイメージを中心としている。かつて地域社会や子どもの集団の中で子どもは価値観や社会の規範等も含む、広い意味の「文化」を身につけたが、その際、今いった狭義の「文化」であることば（ことば一般ではなく）が力を発揮していた。「小さい子はいじめるな」「卑怯者」というようなことばである。それは地域社会の中の子ども集団、子どもたちの生活に根ざしていた。

神戸の事件で少年は自分を「透明な存在」とし、酒鬼薔薇聖斗と名乗った。このことばとイメージはやはり狭義の「文化的」な力だが、その支え、その土台はない。地域社会も子ども集団もほとんど崩れてしまい、外側の社会の文化化・人工化が進んだ現在、それに対応して、子どもの内面に働く狭義の「文化的」な力が果たす役割は以前より強まっているのではなかろうか。その「文化的」な力は内容だけではなく表現にもメディアの影響を受けている。この内面と外側の文化の両者と、その関連に目を向けたい。

そして、ノンフィクション作家の吉岡忍は酒鬼薔薇聖斗事件について「文化とは究極のところ、人間の攻撃性や暴力性を誘導し、様々な表現に変える社会的装置なのだが、その仕組みが十分に機能しなくなっている」[10]といった。たしかに根源的なところでは文化は衰弱しているのではないか。これをどうするか。ここにも「現在からの要請」がある。

未来へ架ける橋

このように「文化」の問題は以前よりはるかに重要、切迫した問題となってきている。さらにわが国の社会と子どもたちの未来を視野に入れるとき、「文化」は大きく深い意味を持つ。さっき「根源的なところでは文化は衰弱しているのではないか」といったが、衰弱とは逆の動きも姿を見せている。子どもの権利条約はその重要な一つである。

その第31条は「休息・余暇、遊び、文化的・芸術的生活への参加」の権利を記している。増山均はその論「子どもの文化権とアニマシオン」の中でこの権利を「子どもの文化権」と呼び、子どもの「生存権・生活権」と「学習権・教育権」と並ぶ、子どもの基本的権利として考えている。[11]このいわば第三の権利としての「文化権」の主張にぼくも同意する。それは子どもの成長を「文化の視点」から見ることでありつつ、今までいってきたそれとは次元を異にする。今までいってきたのは研究の方法と、研究を迫られているという問題だったが、この第三の権利は将来にかける「夢」といってよく、「子どもと文化」を考える際の重要な理念である。

増山のこの論は多くの問題を提起しているが、そのうち一つだけ「文化権」の内容について述べておこう。増山は31条に並べられたことばを「①休息権・余暇権、②遊び権・レクリエーション権、③文化的生活・芸術への参加権」の三つの内容に分け、「〈文化〉という場合、一般には③をさし、子どもの場合には②をも含むと考えるのが固有の文化領域のとらえ方であり、したがってそれらを狭義の〈文化権〉の内容とみるべきである」という。すると、それと①との関連はどうなるか。ことに余暇権とは何か。

増山は外国語と照らし合わせながらそれを考えていき、「子どもたちが一日の生活の中で「のんびり」「ぼんやり」「ぶらぶら」する時間をすごせること、価値や意味を問われない時間を自分の自由意志ですごすこと」を余暇権の内容としてあげ、それは日本語のレジャーではないことをいう。かつて児童文学者しかたしんはやはりこの31条から子どもには「ブラブラ権がある」といった(12)。

それはぼくの好みからいうと「ゆったり権」なのだが、この「ゆったり権」や「ブラブラ権」は「文化的生活」とつながっている。増山はその論の中で木村尚三郎のことばを引いて「文化的生活」の意味を考え、「安心」や「美しさ」「楽しさ」「心地よさ」をあげた。これらは今いった「ゆったり」と結びつくことばである。「余暇権」なしの「文化的生活」は考えられない。それは平和とも結びつき、また子どももと大人に共通の権利である(13)。

この「文化権」に関わる問題はもっと深められなければならぬ。これは大きな研究課題であり、また実践課題である。

「児童文化」研究も

「文化」という視点から子どもの成長をとらえようとすることは、今まで述べてきたように①原理的な必要、②現在からの要請、③未来に関わる理念という三つの面を持っているだろう。ぼくは本誌がこうした問題――それとかぎらず子どもと文化の問題を考えていく雑誌になることを望んでいる。

しかし、そのことは本誌で「児童文化」の研究を拒否することではない。テレビゲームやアニメ、漫画の研究はむしろ積極的にすすめてもらいたい。ただその際子どもを抜きにしての作品論や作家論は本誌の望むところではない。ボーダーレスの作品も多い現在子どもの目を生かしてもらいたい。

また「児童文化」の歴史研究も不十分である。戦前の歴史もそうだが、戦後の児童文化運動の歴史研究にはほとんど手がつけられていないのではなかろうか。子ども劇場運動があり、読書運動があり、それぞれ歴史を積み重ねて現在に至っている。またプレーパークの運動もある。その運動の中で育った子どもたちの成長の軌跡と、運動の成長の軌跡を知りたい。

こうした研究も寄せられてくる雑誌になりたい。

そして、研究を発表するだけでなく、問題を提起する雑誌でありたい。論争の雑誌にもなってほしい。こうした雑誌がないことが、子どもの文化、「児童文化」研究の立ち遅れの一因でもあったと思う。この誌上に若い研究者が出現することも大いに望んでいる。

もっともこんな風に大風呂敷を広げてもたかだか年1回発行の小雑誌、収録原稿の編数も枚数も多くはないのだが、やはり夢はもちたい。

（注）

（1）「子どもの文化は誰がつくるか」『子どもの文化』子どもの文化研究所、１９７６年8月号

（2）波多野完治「児童文化とはなにか」親と教師のための児童文化講座第1巻『子どもの生活と文化』弘文堂、１９６１年9月、４、5頁

（3）「子どもと文化」矢川徳光ほか編『講座現代教育学の理論』第2巻民主教育の課題』青木書店、１９８２年4月。のち日本児童文化史叢書16 として久山社、１９９７年２月

（4）久山社版、39頁

（5）「子ども時代の生きる力としての『原風景』」汐見稔幸・子どもの文化研究所編『もうなくしたい子どもの悲劇』童心社、１９９８年7月、78〜80頁

（6）『文学における原風景』集英社、１９７２年4月

（7）同書、54頁

（8）『カミの人類学』講談社、１９７９年5月、３５１頁

（9）くわしくは井上俊「現代文化のとらえ方」参照。井上俊編『現代文化を学ぶ人のために』世界思想社、１９９８年11月

（10）『読売新聞』１９９７年7月30日夕刊

（11）佐藤一子・増山均編『子どもの文化権と文化的参加』第一書林、１９９５年8月、18頁

（12）「芸術文化を享ける権利とブラブラ権」『大阪国際児童文学館を育てる会会報』№38、１９９４年10月

（13）それにしても「余暇」ということばはそぐわない。もっと適切な訳語がほしい。

『子どもの文化』第31巻6号
研究誌『別冊 子どもの文化』№１ １９９９年5月25日
編集：研究誌『別冊 子どもの文化』編集委員会
浅岡靖央　石井直人　岩崎真理子　加藤理
古田足日（編集長）
発行：財団法人文民教育協会　子どもの文化研究所

子どもの心をあったかくする

この本だいすきの会代表・元小学校教師
小松崎 進

ホタルブクロの開花は、6月頃だったろうか。

この時期、卒業生に会うと、必ずホタルブクロの話が出る。

「先生、また箱根へ行ってきました。ホタルブクロの花が見たくて！ いい花ですよねえ」

「まさやくんっていったかな。ホタルブクロをひとりでとりに行ったの」

古田足日作『大きい1年生と小さな2年生』を読んだとき、子どもたちは異常なほど2人の登場人物に関心をもち、話の展開に重要な野の花ホタルブクロに魅せられたのだった。

学級、いや学年で一ばん背の高いアキラは、母親から作品のまさやと同じように「しっかりしなさい」と、うるさいほど言われていると聞いたが、ある日、こんなことを――「先生、しっかりするって、ソロバンじゅくに行くこと？　お母さん、申し込んできたんだって。でも、ぼく、行ってないんだ」。

夏休み直前――「先生、しっかりするって、ラジオたいそう、毎日行くこと？」。

古田作品に出会ったアキラは、作品のまさやの行為や思いを考えて、母親とのやりとりを語り、「ねえ、先生！」と念を押したと思われる。そして、「そうかもしれないよ」という私の返事に素直に反応した。また、ホタルブクロに異常なほど関心をもち、父と一緒に何回も千葉の鋸山《のこぎりやま》へ行ったと言う。

さて、私は小学校勤務のとき、教室を解放して、いつでも授業を見られるようにした。授業参観日もあり、多くの親たちを迎え入れた。トモオは「お母さん大好き」で、母親が見えるとすぐそばへ行き、自分の席にはなかなか戻らない。しかし、いつの間にか自分の席に――。音読、歌が好きなトモオ。母親も教育熱心でよく見えた。

その母親が急死！　以後、トモオは口をきかず、もちろん歌もうたわず、名前を呼んでも返事しない。休み時間、放課後も校庭へ出ない。ただ黙って席に着いていた。困り果てた私は、ふと思いついた。この本はどうだろうと。古田足日作『ロボット・カミイ』――。

たけしとようこが作ったダンボールのロボットカミイ。カミイは2人の通っている幼稚園に行き、園児たちとの生活が始まる。わがままでいばりんぼう。園児たちとはなかなかうまくいかないが――。ある日、クラスみんなで野原へ行く途中、横断歩道、信号無視のダンプカー。一ばん後ろにいたカミイはとび出して行って車を止めようとする――　緊張の場面。カミイは倒れ、病院に運ばれ、やがて帰ってくるが――。

「先生！」とトモオ。「カミイ死んじゃったの？　死んじゃいやだよ。いやだ！」

カミイは生き返り、本ものの鋼鉄製のロボットに。そして、ロボットの国へ。子どもたちは運動場側の窓から身をのり出して、「元気でいけよ」と。

トモオ「カミイ、戻ってこい、行くなよ」と。そして、「先生、もう一度読んでよ、先生」

そうだ、今だ。この子を救えるのは――と思い、勉強はしばらく休んで、2回目を読んだ。

次の日、トモオはまた――。何日か後、トモオは歌をうたい、校庭に出た。

古田作品は、子どもの心をあったかくし、励まし、素直にし、みんなをむすびつけ……

ホタルブクロは、私も大好きです。

*

古田足日さんは、子どもと本をつなぐ「この本だいすきの会」に、1980年代から、参加してくださった。「この本だいすきの会」は、作家や編集者と教師や親子読書の会の母親たちなど、子どもと本を愛するおとなたちをむすびながら、広がっていった。古田さんの子どもと本のつなぎ手をたいせつにする姿勢、地域からの読書運動を重要だとする姿勢が、多くの作家や編集者を巻き込んでいったのだった。

（こまつざき・すすむ）

媒介者、駅伝のタスキ

古田足日

三十周年、おめでとうございます。このごろ図書館や本屋に行って、お花畑のように子どもの本が並び、現代日本児童文学の創作があるのを見ると、ふっと昔を思い出すことがあります。

昔、1950年代、本屋へ行くと、学習参考書とコミックがいっぱい、児童文学では翻訳は別にして、偉人伝と世界名作再話とミステリーが並んだ棚に居心地悪そうに数冊、創作がまぎれこんでいました。創作児童文学は数えるほどしか出版されなかったのです。そして、図書館がある町も少なかったのです。

それが今や、本屋も図書館もお花畑の様子を見せ、60年代以降に出版された翻訳・創作・絵本を読んだ子どもが親になり、子どものと

この本だいすきの会創立30周年記念誌
2012年7月27日

きに愛読した本を我が子に読んでやるようになりました。この五十年間に大きな変化が起こったのです。

この変化を作り出した力の一つに読書運動団体の活動がありました。この本だいすきの会はその重要な団体の一つです。

50、60年代の読書運動を振り返ってみますと、1959年に椋鳩十さんの「母と子の二〇分間読書」の提唱があり、65年に石井桃子さんの『子どもの図書館』が発行されました。67年斎藤尚吾さんを代表とする日本親子読書センターが発足、同年日本子どもの本研究会も結成されました。

こうした団体と個人を読書運動へ突き動かした原動力は、「子どもに読書の楽しさを」という熱い志だったと思います。それに加えてぼくは、作者と読者の往復作用・循環作用ということを夢想していました。それは、読者の声が作者に届き、作者は新しい作品でその声に応える、ということです。

作者と読者のあいだには媒介者がいます。媒介者は子どもに本を伝える役割をになっているだけではなく、作者に読者の声を伝え、ゆすぶります。60年前後、この媒介者を通して、作者のぼくに子どもの声がびんびん跳ね返ってきました。それがはげましとなり、そこから得たものを次の創作に生かすことができました。亡くなった後藤竜二さんも同じ態度でした。

しかし、数年たって作者と読者の往復作用もマンネリになったころ、「この本だいすきの会」がうまれ、ぼくたちはこの会の会員との往復作用に新鮮さを覚えました。

三十周年ということは、三十年間の活動が蓄積して、今、新しいスタートラインに立ったということです。この三十年間を整理してみることも必要と思っています。ぼくは今まで何度か小松崎進代表の談話録とかエッセー集とかを作ってほしいと提案してきました。それをまた提案します。支部の活動の記録もです。駅伝にはタスキが必要です。今までの活動の記録はタスキになるでしょう。そして、ふたたび新しい一歩を踏み出し、作者と読者の循環作業に新しい風を吹き込んでください。

古田先生と日本子どもの本研究会

代田昇との出会い、読書運動のはじまり

日本子どもの本研究会・図書館員
代田知子

古田足日先生は、父・代田昇が敬愛する児童文学作家でした。1967年、父たちと一緒に「日本子どもの本研究会」を創立し、とくにその初期に、精力的に活動をともにした読書運動の同志でした。当時、古田先生や父たちは、どんな思いで「日本子どもの本研究会」を立ち上げたのでしょう。若き日の彼らの姿を想像しながら、古田先生と読書運動についてお話したいと思います。

古田先生の読書運動への思い

私が、古田先生と父との深いきずなを知り、当時の読書運動について深く考えるようになったのは、父の没後1年の2001年7月3日のことでした。父の『代田昇遺稿・追悼集 読書運動とともに――子どもたちに読書のよろこびを』(代田昇遺稿・追悼集

編集委員会編、ポプラ社、２００２年）の編集会議で、編集長の古田先生が、集まってくださった皆さんに向けて、読書運動について、こう語りました。

ぼくは、日本子どもの本研究会以前の代田君を知らない。それでも、代田君が最も評価される点を挙げるとしたら、やはり、子どもに本をという読書運動を立ち上げ、けん引した功績だと思う。だから、この遺稿集のタイトルを『読書運動とともに』としたい。

読書運動の最盛期から30年以上たった今、日本には「子どもの読書活動の推進に関する法律」（２００１年12月施行）ができようとしている。法律で決まっているから、子どもの読書活動を推進しなさいという時代になるわけだ。でも、あのころの読書運動は、それとは全く違うものだった。当時は、受験戦争の激化で学校教育の場でも読書が後回しにされることが多かった。そんな時代に、このままではまずいと市民運動的に広がったのが読書運動だ。世界的にも、めずらしく貴重なものだと思うが、残念ながら記憶が風化しつつある。僕は、戦後の高度成長期の日本で繰り広げられた、この読書運動のことを忘れさせてはいけないと思う。きちんと書きとめ、評価・分析し、後世に伝えたい。最近、読書推進というものをはじめた若い人にも読んで欲しい。未来に役立つ本にしたい。代田君もきっと、それを望んでいる。代田君は、『古田さん、古田さんの葬儀委員長は僕がやるから、安心して死んでくれ』なんて、憎まれ口をきいていたくせに、自分が先に逝ってしまうのだから、おい、話が違うぞと言いたいところだ。でも、彼がいない

「代田昇さんを偲び、遺稿・追悼集の出版を記念する集い」にて、スピーチする古田足日さん。
2002年4月13日

のなら、読書運動の旗揚げに一役買ったぼくが、この仕事をしなくてはと思ってね。

古田先生は、遺稿集に、読書運動の初期の歩みを記す「代田昇と初期日本子どもの本研究会の運動　その時代と代田の読書教育論・運動論」を寄稿してくださいました。そこには、古田先生が代田の「読書運動の会を作ろう」と言う誘いに、即座に賛同した理由がいくつか挙げられ、それらは、当時の子どもの本をめぐる論争や出版事情、ベトナム戦争、公害問題、急速なテレビの普及といった社会問題とも関連していたことがわかります。読書運動を広い視野で分析・評価し、当時の熱気も伝えるすばらしい論文です。父の遺稿集は入手不可ですが、古田先生は、この論文をご自身の評論集『現代児童文学を問い続けて』〈現代文学批評の新地平1〉（くろしお出版、２０１１年）にも掲載しています。ぜひお読みください。

古田先生と日本子どもの本研究会のはじまり

日本子どもの本研究会は、１９６７年10月、15人のメンバーで創立しました。（会長・鳥越信、副会長・古田足日、事務局長・代田昇、他に石崎道子、井出村由江、上岡功、黒沢浩、小林利久、武井雪子、那須田稔、増村王子、茂木茂雄、横谷輝、吉田サチ子、吉村証子）。その数か月前（古田先生の記憶では、５月か６月）に、代田昇は、増村王子さんとともに古田先生のお宅をはじめて訪ね、読書運動の会をぜひとも一緒にやってほしいと頼みこみました。古田先生はその日のことを、愉快そうに話してくれました。

あのときは、知り合いの教師、小林利久君から頼まれて会う約束をした。小林君から、代田が子どもの本をよく読み勉強しているとは聞いていた。ところが、初対面の代田は、会うなり、日本中を動かす「読書運動――子どもの本の普及と研究――の会」をつくりたい。その仲間にぜひなってほしいといった。何とでかいことをいう男だと呆れたが、不思議なことに、つばを飛ばすようにして訴えかけてくる代田と話すうちに心が動いた。会の名前を「子どもの本研究会」にしたいと彼がいい、ぼくが「日本」をつけようと言った。代田の、児童文学者、画家、小中学校教師や図書館職員を会員として、読書運動を推進する強力な組織を作るという構想が、ぼくの気持ちを刺激した。ぼくは、児童文学者の鳥越信君や横谷輝君にも声を掛けようと請け負った。すぐに決まった。本当に不思議だなあ。

こうして古田足日先生が加わってくれたおかげで、日本子どもの本研究会は無事に創立できました。先生の紹介で著名な児童文学者が複数加わると、外部にも信用され、馬力が出ました。古田先生の計らいで、父は、日本児童文学者協会の「言語教育と幼児童話夏季講習会」（1968年8月、新潟・赤倉温泉）で講師をさせてもらい、会員の小林利久氏は裏方で参加。古田先生は、生まれたばかりの「日本子どもの本研究会」と代田昇を児文協にお披露目してやろうと、考えてくれたのだと思います。

古田先生は、初期の日本子どもの本研究会の講座や大会で、講師や問題提起者を精力的に引き受けています。調布市立図書館司書だった山花郁子さんは、1970年の夏に熱海「暖海荘」で開催した「第1回全国子どもの本と児童文化講座」のことを、こう記しています。会員の情熱と、一生懸命な古田先生の姿が目に浮かび、まぶたが熱くなります。

「第1回全国子どもの本と児童文化講座」は、日本子どもの本研究会の基盤を築く記念すべき行事であった。／幼・保育園、公共図書館、地域文庫、出版社関係、とりわけ、当時執筆活動際立つ作家が多く参加した魅力は大きかった。／いまでも、熱海駅前に宿のハッピ姿で会場案内の立て札を掲げて道案内してくれた古田足日氏のニコニコした童顔が、なつかしく目に浮かぶ。／またのちに研究会の月刊書評誌『子どもの本棚』0号もここで産声をあげている。〝定価本号に限り無料〟というガリ刷り、ホチキス止めの藁半紙の冊子は、黄ばんではいるが、内容はいまも決して古びていない。（中略）／初代会長の鳥越信氏、親子読書運動の先駆者であった椋鳩十氏につづき、新米のわたしも市民

と連携する図書館活動について、大はりきりで専門職の心意気をのぞかせている。（後略）

（『日本子どもの本研究会　30年のあゆみ』日本子どもの本研究会編・発行、1997年）

「パパは、この人が大好きなんだよ！」

父の没後、母は私に、古田先生がいたからこそ、日本子どもの本研究会も代田昇も大きくなれたと、力説していました。「民主主義と平和を守る読書運動を！」という同じマグマを抱える先生と出会い、タックルを組めたからこそ、「ダンプカー代田」は仲間とともに、がんがん前にすすめたのだと…。

父は、本当に古田先生に心酔していました。1967年の研究会創立時のころ、小学5年生だった私は、父がうれしそうに話していたことをよく覚えています。

「この『宿題ひきうけ株式会社』は面白いだろう?　これを書いた古田足日という作家は、そりゃあ、えらい人なんだよ。こんなに面白い本が書けて、その上、お金儲けにならなくても、パパたちと一緒に、日本の子どもを幸せにする運動をしてくれるんだから。なかなか、できないことだよ。日本一心がきれいで立派な作家だ。パパは、この人が大好きなんだよ！」

父と古田先生のきずなを、本書に書き留める機会をいただいたことを、家族みんなで感謝しています。

（しろた・ともこ）

4

東久留米の地域に根ざして

1967年、東京・東久留米市の滝山団地入居のころ

地域の母親たちといっしょに活動

東京都東久留米市在住・花さき文庫主宰
尾形禮子

地域に広がる読書運動・文庫活動

ホタルブクロの咲く原をブルドーザーが均して、東京・東久留米市の西部に滝山団地が建設され、その第一陣として古田足日先生ご一家が入居されたのは、1968年のことでした。

図書館や児童館がないのはもちろん、学校さえ足りないという中で、子育て真っ最中の住民たちは、自治会を作り、活発に活動を始めました。周りには子どもたちがあふれ、若い母親たちは、新設されたばかりの学校のPTAを中心に結びつきを強めていきました。そんな中で、いち早く団地集会所を会場に滝山子ども文庫が始まり、古田夫人の文恵さんもその主要メンバーのおひとりでした。

当時は、草の根の読書運動が広がり、文庫活動が活発になった時期に当たります。全国的な組織も生まれ、子どもに読書をと活動を始めた人たちのよりどころとなりました。私の子どもの読書への興味は、娘たちへどんな本を手渡したらいいかということから始まりました。その頃、私の思い浮かぶ子どもの本の作者と言えば、小川未明や浜田広介といった人たちの名前でした。文庫活動に加わり、新しい子どもの本に出会う中で、少しずつ世界は広がっていったのでした。

私は、それまで住んでいた東村山で、「くめがわ電車図書館」の設立に関わり、同時に、「けやき文庫」に参加していました。滝山に転居したときに、すでに活動を始めていた「滝山子ども文庫」に入れてもらい、ほどなく自宅で、「花さき文庫」を開きました。

母親たちに向けた古田足日児童文学講座

そんな折に、古田先生は、8回にわたる「児童文学講座」を開いてくださいました。滝山団地の集会所を会場に、その第1回が開かれたのは、1971年11月でした。出席は30名余り、東久留米市内だけでなく、東村山、清瀬など、近隣の市からの参加もありました。

古田先生は、すでに『モグラ原っぱのなかまたち』『大きい1年生と小さな2年生』など、多くの作品を出版されており、子どもの本に関心のある母親たちにとっては、親しい方でありました。当日、お母さんにくっついて来ていた4歳のてっちゃんが、先生の顔をつくづくと見て「これがふるたたるひかあ！」と言って大笑いになったことなど、先生の温顔と共に懐かしく思い出されます。

先生は、素人の母親たちを相手に、格調高く本格的な講座を組んでくださいました。

講座の内容は、第1回の「戦後の児童文学をどうとらえるか」を皮切りに、「六〇年代の児童文学」「絵本」「幼児幼年の文学」「その他の作品群」といったことでした。

「戦後の児童文学」については、時代区分、伝統批判（童話から児童文学へ）、記念碑的作品としての佐藤さとる『だれも知らない小さな国』の評価など。「六〇年代の児童文学」については、その特徴として、戦争体験を踏まえた作品が出てきたこと、以前の童話の、感性に訴える文体に比べ日常的な言葉を使ってイメージの鮮明な文体が出てきたこと、小川未明の童話宣言には、「童話という特異な詩形」という表現があり、特別な資質を持った人だけが童話を書き得るということだったが、戦後は、柴田道子『谷間の底から』のような記録風の文体を見ても、だれでも書けるものになった、などと話されたことが印象に残っています。「絵本」の回では、赤羽末吉『ももたろう』（福音館書店、1965年）、渡辺茂男『しょうぼうじどうしゃじぷた』（福音館書店、1966年）、田島征三『しばてん』（偕成社、1971年）、馬場のぼる『11ぴきのねこ』（こぐま社、1967年）などを取り上げて分析。「幼児幼年の文学」では、中川李枝子『いやいやえん』（福音館書店、1962年、保母の立場）、松谷みよ子『ちいさいモモちゃん』（講談社、1964年、母親の立場）、神沢利子『くまの子ウーフ』（ポプラ社、1969年）、『ロボット・カミイ』（子どもの論理）などが取り上げられ、お話の中で、「子どもの成長の節を捉える」と言われたことが記憶に残りました。

最終回は、「その他の作品群」ということで、『小さな心の旅』『ぬすまれた町』『冒険者たち』『地べたっこさま』などを取り上げて、児童文学の将来を切り開く作品とは、どういうものかについて語られました。

古田先生自身が考える場として

これだけの内容の講座を、先生は半年以上にわたって、無報酬で開いてくださったのです。私たちは、砂地に水がしみ込むように、お話を伺ったのですが、心のどこかではこんなにしていただいていいのだろうかという気持ちがありました。しかし、先生はひと言「なぜこの講座を引き受けたかといえば、1960年代に提起された問題のうち、未だ達成されていないものがある。それをしゃべりながら考えたい」と言われたのです。先生がお考えを進められる現場に居合わせる緊張感を覚えました。

この講座を聞いて私は、今まで漠然と抱いていた子どもの本への興味が、筋道の立ったものとして意識されるようになりました。

一緒に参加した友人に聞いても、「初めて児童文学の一端がわかった」「子どもの本にのめりこむようになった」などの答えが返ってきます。

その後も、何度か、先生を囲んで子どもの本の評価や、子どもたちの様子を聞いていただいたりしました。この時期、名作『おしいれのぼうけん』をはじめ、この地域を舞台に、たくさんの作品が生み出されていきました。

市立図書館設置の市民運動に参加

その後私たちは、市立図書館の設置運動に取り組み、東久留米市にも、1中央館3分館の図書館網ができました。先生は、初期の図書館運営委員を務めてくださり、「市民運動」を身を持って実践されました。図書館ができて文庫の数は減りましたが、図書館や学校などへ読み聞かせや、おはなしに入るための勉強会がいくつもできています。

団地のひと部屋の小さな「花さき文庫」は今年43年になりました。10人ほどの子どもたちが相変わらず来てくれて、本を借りたり絵本読みや、「おはなし」を楽しんでいます。

新しい子どもの本は数多く出されていますが、古田作品は、長く読み継がれ、今でも子どもたちの宝です。


（おがた・れいこ）

古田足日さんをしのんで東京・東久留米市立中央図書館の児童室に設けられた「たのしいおはなしをありがとう　古田足日さん」コーナー。
市内が舞台の作品マップやブックリストを配布し、古田さんの作品に親しんでもらおうと、ずらりと著作を並べた。
また、開催中の企画展「地域資料に見る舞台となった東久留米」（古田作品を含む）は、展示期間を7月14日まで延長した。

あるいてみよう　古田足日作品地域マップ

東久留米地域文庫親子読書連絡会

みんなの住んでいる東久留米には、
古田足日さんがおはなしをつくるきっかけとなった、
神社、屋敷森のある農家、がけ、川、野草、湧き水、原っぱ、雑木林など、
すてきな所がたくさんあります。
おはなしを読んだあと、このマップを持って、いろいろたんけんしてみてね。
ただし、子どもだけでは、あぶない所に行かないこと！
おとうさんやおかあさん、保護者の方といっしょに行ってね。
車や自転車にも気をつけてね。
それでは、東久留米のたからさがしにレッツ・ゴー！

東久留米東部地域　古田足日作品とポイント

『モグラ原っぱのなかまたち』
（1968 年、あかね書房）

作品中	実際
モグラ原っぱ	新座市石神マンション
フクロウ森	新座市石神 滝見観音堂（の裏山）
ドーナッツ池	金山町　厳島神社
サクラ小学校	上の原　第４小学校

『大きい１年生と小さな２年生』
（1970 年、偕成社）

作品中	実際
小学校	上の原　第４小学校
くらいさかみち	神宝町　どうさか
わき水	浅間町 長寿池（湧水）
おるすのかみさま	埼玉県新座市西堀 氷川神社

なお、『大きい１年生と小さな２年生』には、団地、神社、牛小屋、雑木林、麦畑、あぜ道、どぶ川、土手、屋敷森のある農家、湧き水など、当時の東久留米ならではの風景が次々と登場します。今はどうなっているかな？

●このほか、東久留米の東部地域を舞台にした古田さんの作品には次のようなものがあります。

『宿題ひきうけ株式会社』（1966 ／ 2001 年、理論社）
第四小学校、石橋供養塔（新版）

古田足日さんの作品のなかには、東久留米を舞台にした作品が数多くあります。東久留米地域文庫親子読書連絡会では、古田作品に登場する場所を実際に訪ね歩き、東久留米ならではの風景や場所が、古田さんの作品においていかに重要な意味を担っているか、という点に着目して、その意味や役割を読み解いてみました。

東久留米地域文庫親子読書連絡会作成リーフレット（2002 年）・
『文庫連絡会のあゆみ 1998 ～ 2006 年』（2006 年）より

古田足日作品東部地域マップ

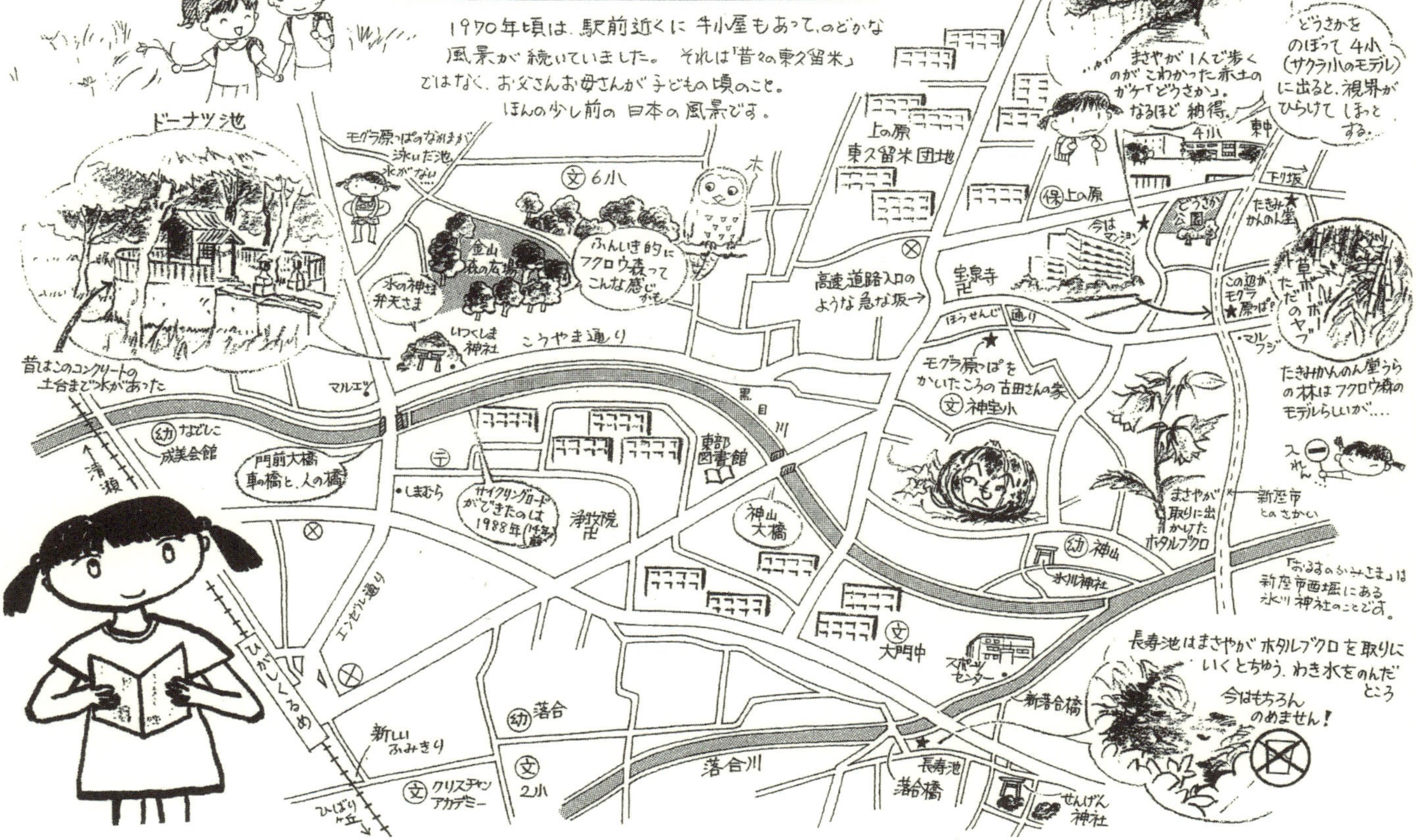

制作：東久留米地域文庫親子読書連絡会、2002年
イラスト：新留理恵

東久留米滝山地域 古田足日作品とポイント

『犬散歩めんきょしょう』
（1988年、偕成社）

作品中	実際
つばき公園	つばき公園
つつじ公園	さつき公園
野球場のとなりの公園	滝山公園
さくら第七小学校	第九小学校

『さくらんぼクラブにクロがきた』
（1980年、岩崎書店）

作品中	実際
サクラ第八小学校	第七小学校
さくらんぼクラブ	滝山児童館 第１学童クラブ

『さくらんぼクラブのおばけ大会』
（1974年、偕成社）

作品中	実際
どぶ川こうえん	白山公園
おばけ森（だんちの森）	滝山公園

『サクラ団地の夏まつり』
（1973年、中央公論社）

作品中	実際
団地	滝山団地
九小	第九小学校
東公園	あじさい公園
商店がい	滝山商店街

『だんち５階がぼくのうち』
（1992年、童心社）

作品中	実際
どぶ川こうえん	白山公園

●このほか、東久留米の滝山地域を舞台にした古田さんの作品には次のようなものがあります。

『子犬がこわい一年生』
滝山児童館第１分館学童クラブ

『ねこねここねこ　おまえはどこだ』（1974年、童心社）
滝山児童館第１分館学童クラブ／柳窪　天神社

『ぼくらの教室フライパン』〈『夏子先生とコイサギ・ボーイズ』（1971年、大日本図書）所収〉
当時の東久留米の小学校

『ぼくらは機関車太陽号』（1972年、新日本出版社）：第七小学校、滝山団地

『学校へ行く道はまよい道』（1991年、草土文化）
神宝小学校（わき水）、第九小学校、滝山団地、野火止用水

2002年5月22日には東久留米の東部地域を、6月15日には滝山地域を自転車でめぐり、作品に登場する場所と実際との関係を確かめる探訪を行いました。その後、作品を分担して、再度作品における場所の意味や役割を読み解いたり、書かれた場所の現在や文献で調べたことをまとめた資料もつくりました（東久留米地域文庫親子読書連絡会『文庫連絡会のあゆみ1998年から2006年』2006年3月）。

今回の取り組みを行って、古田さんのおなじみの作品が、ごく身近なわがまち東久留米の原風景を拠りどころとしていたことも驚きでしたし、普段見慣れてしまっている地域の新たな魅力を再発見する良い機会ともなりました。

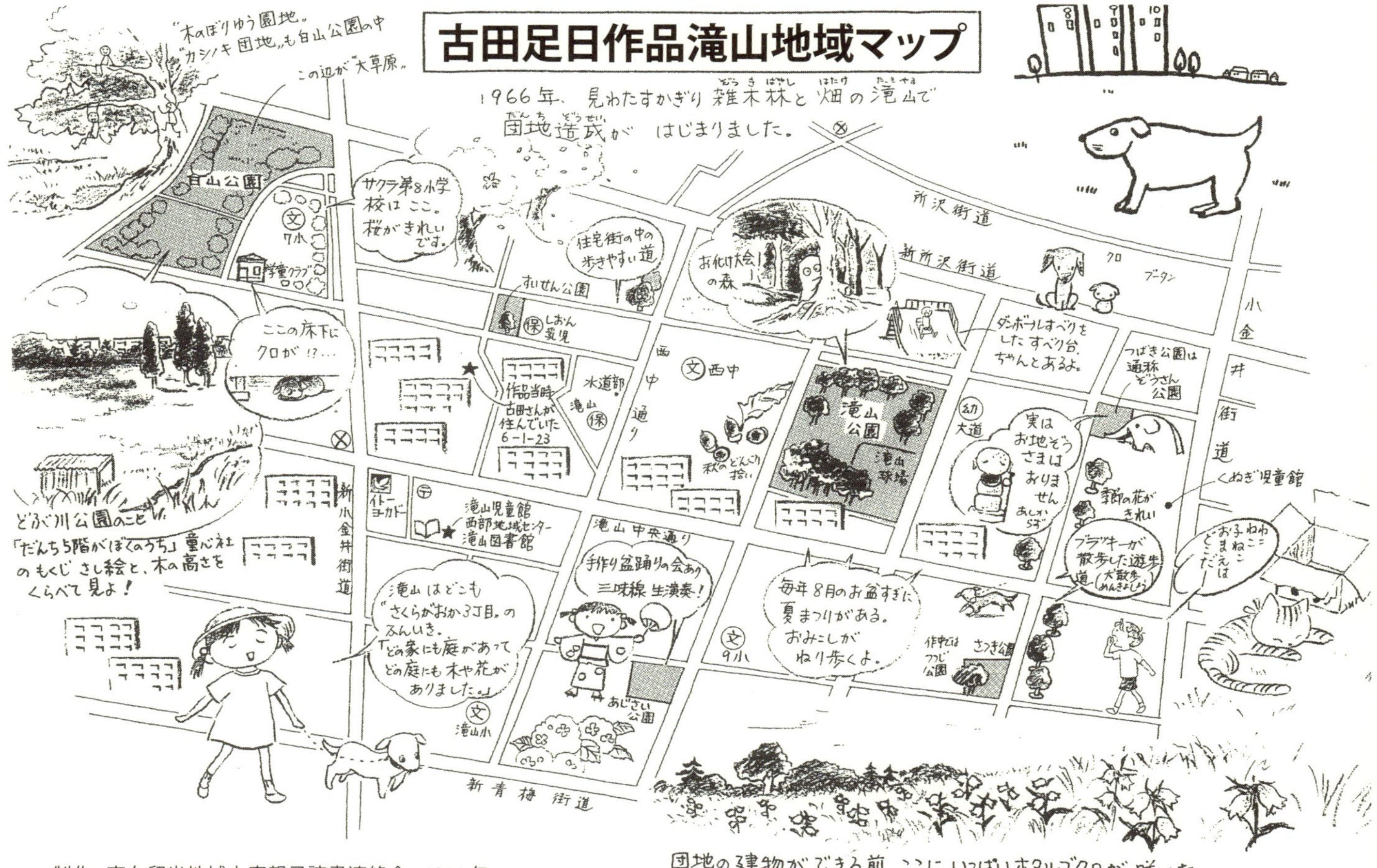

制作：東久留米地域文庫親子読書連絡会、2002年
イラスト：新留理恵

〈東久留米〉という小宇宙

東久留米九条の会会員・児童文学作家
高田桂子

――日本国憲法は、いま、大きな試練にさらされています。という書き出しで、井上ひさし、梅原猛、大江健三郎、奥平康弘、小田実、加藤周一、澤地久枝、鶴見俊輔、三木睦子の9氏によって「九条の会」アピールが出されたのは、2004年6月10日のことでした。

戦争放棄と戦力の不所持を規定した憲法第九条を、今こそ遵守すべきというアピールに呼応して、各地で「九条の会」が結成され、私たちの市でも「東久留米九条の会」が作られました。古田足日先生を代表として、呼びかけ人45名によるスタートでした。

2005年2月20日に第1回目の集いが開かれて、今年2015年で10周年を迎えますが、古田先生の開催のご挨拶は次のようでした。

いま、ぼくたちは非常に大きな転換期に立っている。軍隊を戦場に送る国になるか、平和を外交の基本に据えて世界の平和をつくる方向に動き出すかの転換期。軍隊を戦場に送るには憲法を変えねばならず、変えるには国民の過半数の同意が必要だ。ここ数年のうちにその時がくる。その時、東久留米で憲法改悪反対の声が、過半数を占めることを会の目標にして活動していきたい。

（記録の抜粋より）

第二次世界大戦下、軍国少年として生きた先生にとって、一方的な情報に操られる怖さは骨身に沁みていらっしゃったのでしょう。先生の予測を越える速さで事態はよくない方に向かっていますが、それだけに、情報を発信しつづけ、またキャッチしつづけることの大切さを、教わったように思います。

＊

政治的背景は問わない、誰でもＯＫ、改憲派も参加してくれたら尚更よい、をモットーに呼びかけられた会でしたが、最初、先生から連絡をいただいたときには緊張しました。児童文学を志しながら、私は、どの会にも属さず、ひとりで細々と書きつづけているだけなので、〈集団〉という言葉に身構えてしまいます。小学校時代、いじめの構図の中で受け身の立場にいたせいか、団体行動はいささか苦手です。

それでも、「東久留米九条の会」で、みなさんといっしょにやっていけそうな気がしたのは、先生が、拙著に対して掛けてくださった〈言葉〉のおかげだろうと思います。拙著をお送りするたびに、まずは「よく書けている」「なかなかいい」と、ほめてくださいます。でも、必ず、「だが、しかし」と、つづきます。

その「だが、しかし」の内容は、児童文学はこうあらねばならない、といった枠にはまったものでは決してなくて、「あなたがこう書きたいのなら、こんな書き方もある」「また別の方向に行く道もある」と、世界の広がりを示唆してくださるものでした。

先生が代表の会でしたら自由に息ができるはず、と、考えました。

実際、会に入ってみると、千差万別、ユニークな人々の集まりでした。性格や意見の違いは当然ですが、なぜかゆるキャラが多い……というより、時に応じて誰かがゆるキャラを演じているようで、これも〈自由〉の効用だろうと思います。

その後、市内には、地区別の九条の会、若いお母さんたちの保育九条の会、キリスト者の会、おシャレなところでは社交ダンス九条の会などが次々に立ち上げられて、「東久留米九条の会」と連動したり、個別に映画会や講演会を催したりしながら、自由に流動的に動いていています。

会発行の隔月刊のニュース「九条の樹」も、55号を超えました。

＊

古田先生が東久留米の地に住まわれて、50年を過ぎたでしょうか。

東久留米や近隣の町を舞台に、多くの本が創られました。――『サクラ団地の夏まつり』『モグラ原っぱのなかまたち』『宿題ひきうけ株式会社』『おしいれのぼうけん』など。

先生が亡くなられ、しばらくして私は、講師役の創作童話のゼミで、再度『おしいれのぼうけん』の読み合わせをしました。これは保育園で、ミニカーの取り合いからみんなの昼寝の邪魔をしたふたりの男の子が押入れに入れられ、冒険をする話です。

「どんな状況にあっても、子どもはそれを打開する力があるんだな」「けっこう長いストーリーだけれど、かつての子どもたちは読めていたんだね」「いつごろから、短時間で読めるものが喜ばれるようになったのだろう」などと、活発な意見が飛び交いました。

そして、おとなの読み手としては、保育園の先生の最後の言葉に注目しました。――「ごめんね。（中略）おしいれのそとで　かんがえてもらったほうが　よかったな。」

言うことをきかない罰として、親たちが容易に子どもを押入れに閉じこめていた時代に、作者が、ぜひ伝えたいと思った大事な言葉であろうと考えました。

結果として、子どもの大冒険のチャンスにはなったけれども、おとなが子どもを押入れに閉じこめて、いいわけがない、自由の中で考えられるように持っていくのが、おとなとして外せない点であるだろうと。

そうすれば、子どもは自分の頭で考えるようになり、それが〈自由〉の持てる力なのであり、教育基本法が云々されている今こそ、切実に求められているものだと思います。

このあたりで、古田足日という児童文学者を作ったのは誰なのか、という質問をしたくなります。もちろん先生の先達や一緒に走りつづけた方々など、たくさんいらっしゃるでしょうが、私はやはり、深い根っこのところで文恵夫人だと感じました。

いつでしたか、文恵夫人との雑談の中で、「どうして古田先生といっしょになられました？」などと、笑いの中、失礼を承知でインタビューめいたことをしていたとき、「おもしろい人だから」とのお答え。たしかに、「おもしろい」は深みのある層の厚い言葉です。周りの男子学生の中で、いちばん発想がおもしろくて意表をつく方だったのでしょう。

そして、「お連れ合いのことを、どう表現なさいますか」の問いには、

「私の作品です」

と、ひと言。

いっしゅん、言論・表現の自由、両性の本質的平等、といった日本国憲法の文言が、わらわらと頭をよぎり、同時に思い出したことがありました。かつて私も、拙著『海辺のモザイク』(てらいんく、2001年)の中で、ひとりの女性に同じセリフを振り当てたことを。

――母さんにとって、父さんは、創作品だってこと。芸術品……。

もちろん、状況も設定も異なっていますが、出版から15年近くもたって、拙著の登場人物が、生きて、立ち上がってくるのを実感できました。

文恵夫人にはじめてお会いしたときから、内助の功、などという言葉だけでは捉えきれ

ないものを感じていただけに、夫人のひと言は、なにものにも替えがたく思えました。

古田先生と文恵夫人は、お互いに納得いくまで語り合い、切り結んで、お互いを創り上げてこられたのでしょう。つまり、お互いがお互いの創作品であるだろうということ。

そうして、それぞれに独立したふたつの作品が、時に離れ、時に重なり合いながら、東久留米という小宇宙の中で醸成されていったのだろうと、あらためて感じました。

＊

〈東久留米という小宇宙〉は、古田先生ご夫妻はもちろんのこと、九条の会やまわりの人々を包含しながら、ゆるやかではありますが、少しずつ大きくなっているようです。この流れを絶やさないことが、なによりも先達へのはなむけではないかと思います。

（たかだ・けいこ）

古田足日さんインタビュー

子どもといっしょに楽しみ 考える創作で飛躍したい

九条の樹

東久留米「九条の会」ニュース　第37号
2012年1月発行・東久留米「九条の会」
代表者　古田足日・連絡先　鈴木TEL 042-473-9489

日本国憲法9条を守り、活かす　東久留米「九条の会」

子どもといっしょに楽しみ 考える創作で飛躍したい

古田足日さんインタビュー

東久留米九条の会代表で児童文学者の古田さんをお訪ねし、話をお聞きしました。古田さんは沖縄での講演の冊子と、評論の2冊を最近出版してホッとしたとのことで、お元気そうでした。

3・11の時は2階で仕事中で大分ゆれだして、椅子から滑り落ちて後ろの本棚にもたれていたら上から本がバラバラ落ちてきたんです。軽い本だったので額に少し傷が出来た程度でした。

（※奥さんによれば本に埋もれていたそうです。）

最近新しい評論集を出しました。今まで雑誌新聞などに書いたものから選びだし、まとめたのです。ぼくは最初の評論集『現代児童文学論』で日本児童文学者協会新人賞をもらいました。それから50年余りたった今、今までを振り返ろうとしたんです。その作品選びは若い人がしてくれ、本の題名は『現代児童文学を問い続けて』としました。その中に『新しい戦争児童文学を求める』という書下ろしを一編入れることにした。それが難航しました。日本のアジアに対する侵略、加害の事実や、日本の植民地支配を振り返ってきちんと書こうではないかと主張した論なんです。植民地支配への抵抗として朝鮮には三一独立運動があった。台湾では霧社事件というのがあって日本はその弾圧に毒ガスを使い、飛行機を使い、日中戦争の予告編のようなことをやっている。そのほか満州などを素材にしてはどうかと書いたんです。

3・11の原発事故では井上ひさしの脚本「十一匹のネコ」を思い出しました。原作は馬場のぼるの絵本で、

東久留米九条の会代表で児童文学者の古田さんをお訪ねし、話をお聞きしました。古田さんは沖縄での講演の冊子と、評論の2冊を最近出版してホッとしたとのことで、お元気そうでした。

3・11の時は2階で仕事中で大分ゆれだして、椅子から滑り落ちて後ろの本棚にもたれていたら上から本がバラバラ落ちてきたんです。軽い本だったので額に少し傷が出来た程度でした。

（※奥さんによれば本に埋もれていたそうです。）

東久留米「九条の会」ニュース『九条の樹』37号
2012年1月発行

最近新しい評論集を出しました。今まで雑誌新聞などに書いたものから選びだし、まとめたのです。ぼくは最初の評論集『現代児童文学論』で日本児童文学者協会新入賞をもらいました。それから50年余りたった今、今までを振り返ろうとしたんです。その作品選びは若い人がしてくれて、本の題名は『現代児童文学を問い続けて』としました。その中に「新しい戦争児童文学を求める」という書下ろしを一編入れることにしました。それが難航しました。日本のアジアに対する侵略、加害の事実や、日本の植民地支配を振り返ってきちんと書こうではないかと主張した論なんです。植民地支配への抵抗として朝鮮には三一独立運動があった。台湾では霧社事件というのがあって日本はその弾圧に毒ガスを使い、飛行機を使い、日中戦争の予告編のようなことをやっている。そのほか満州などを素材にしてはどうかと書いたんです。

3・11の原発事故では井上ひさしの脚本「十一ぴきのネコ」を思い出しました。原作は馬場のぼるの絵本で、十一匹の腹ぺこ野良猫が湖で大きな魚を捕まえて食べてしまう愉快な話で、井上さんの脚本でも実に愉快な話がすすんでいきます。だが井上作品の最後は衝撃的、湖が汚染されていて大きな魚も汚染されていた。その魚を食べた猫たちも苦しみ始めるんです。

3・11を池澤夏樹が今までの感覚やとらえ方ではつかめないと言っていましたが、ぼくも衝撃が大きすぎて新しい言葉を見つけることができません。ぼくと田畑精一の絵本『ダンプえんちょうやっつけた』は石巻の保育園を取材した本です。ここでは今回子どもをうまく避難させたそうです。この本では子どもたちが園長と一緒に外遊びをして帰ってくるとき、お母さんが働いてるかまぼこ工場の前を通る。子ども達と園長は草と汗の匂いがした。お母さんはかまぼこや魚の匂いがした、というのが結びになります。そのときはこのとらえ方でいいんだと思ったんですが、3・11以後はそれだけでいいのかという疑問が出てきたんです。「絆」というだけでは足りない。その先にあるものは何か。それが見つかりません。だけど物書きはそれを見つけなければならない。

ぼくは八十四歳、この後、生きている間に物語を子どもと一緒に楽しむというか、創作をやりたい。井上ひさしはそのモットーとして「難しいことをやさしく、深いことをおもしろく書く」と言っています。井上さんは児童文学者ではありませんが、児童文学というのはそういうものです。子どもと一緒に考えていく、そんな物語を書いていきたい。今までより一歩飛躍したいですね。

5

古田足日児童文学塾

広く学ぶ・多様に交わる

1987年12月6日、古田足日先生60才おめでとう おたんじょう会

古田足日さんの呼びかけにより、1981年、東京・目白の「子どもの文化研究所」で開塾（1999年まで）。児童文学作家・編集者、幼稚園・小学校教諭、学童保育指導員、親子読書・読書運動の担い手、人形劇団員など、子どもに携わる多様な立場の人々が参加した。

古田足日先生に学べた幸せ

古田足日児童文学塾塾頭・児童文学作家
国松俊英

東京・絵本の学校で

私が古田先生と出会ったのは、雑誌『月刊絵本』の発行元・すばる書房が開いた第1回「東京・絵本の学校」です。1974年の春でした。その頃の私は絵本作家志望でした。

絵本の学校では、全体講義のあといくつかのコースに分かれ、それぞれの先生と勉強することになっていました。私は、絵本作家の先生（田島征三氏や若山憲氏ら）のコースを希望しましたが、そのコースは希望者が多くてはずれ、古田先生のコースに振り当てられてしまったのです。

ちょっとがっかりした気持ちで、学校の勉強がスタートしました。しかし始まると、どんどん古田先生の講義に引きつけられていきました。先生の、絵本の見方、絵本作りに対する考えが、とても鋭く、個性的だったからです。先生のコースの生徒は7名でしたが、男性は私だけ。先生はすぐに私のことを覚えてくださり、親しく話をすることができました。修了時には、創作絵本を1冊作って提出しました。ナマズを主人公にした絵本です。

「このナマズは、国松くんによく似ているなあ」

先生は大笑いされ、ナマズの絵本を批評してくださいました。

最初は創作絵本を目指した私でしたが、1975年に高学年向けの創作を偕成社から出し、児童文学の世界にデビューしました。3年後には2作目の創作を出しました。その頃、会社の仕事が猛烈に忙しくなり、会社勤めと創作の両立は難しくなりました。思い切って会社をやめることにしました。

絵本の学校の仲間が古田先生に、私が会社をやめたことを知らせたので、先生が心配しておられると聞きました。古田先生は、山口女子大学の教授となって赴任しておられました。1979年の5月初め、古田先生は休暇で東京に帰っておられ、私に自宅に来るように言われました。訪ねていった私に、これからの仕事の予定はあるのか、どこの出版社と仕事をするのか、などいろいろ質問されました。会社をやめてしまった私のことを心配してくださっていたのです。そして、児童文学の仕事に専念することについて、いくつかアドバイスをくださいました。

その日、先生は高田馬場でD社の編集長と会う予定でしたので、一緒に高田馬場まで行きました。高田馬場に向かう西武電車の中で、先生が考えておられた「個人塾」について聞きました。児童文学や子どもの生活と文化について勉強していく塾だと話されました。山口女子大の仕事が終わって東京に戻ったら、塾を開くつもりだとも聞きました。「塾ができたら、いちばんに入れてください」。私はずうずうしく予約をしました。児童文学について、子どもについて、一から勉強をしなければと考えていた私に、古田先生の個人塾の話は、願ってもないものでした。

古田塾の始まり

古田足日児童文学塾は、1981年の5月から開かれることになりました。しかし塾に入るのには、レポートを四つ提出してパスしないとだめです。課題は次のようなものです。

●自己紹介の文を書く。
●『モグラ原っぱのなかまたち』（講談社文庫）のあとがきを読んで、その感想をまとめる。
●現代の子どもたちについて、どう考えているかを書く。
●なぜ古田足日児童文学塾を希望したのか、を書く。

レポートを懸命に書き、念願の塾に入ることができました。

古田塾は、5月19日に始まりました。塾生は14名。編集者、幼稚園教諭、人形劇団員、

古田足日児童文学塾　開塾にあたって

●子どもの成長発達と文化との関係を考えることと、僕の目指してきた児童文学のあり方をみなさんに知ってもらい、これを深め、より豊かなみのりを生みだすこと、この二つを目的にして、この塾を開きます。

●児童文学には、いろいろ様々ありますが、大別すると（簡単に分離できるものではありませんが）大人にも子どもにも共通のなにかに訴える児童文学と、子どもだからこそ、その作品の内容・表現を大人よりはるかに強く受けとることのできる児童文学と、二つあると僕は考えます。この二つのうち、一方にだけ価値があるということはありませんが、僕が目指しているのは、そのうちの後者の方です。

●また。現在という時点にあまり左右されない作品がある一方、現在の子どもと社会の状況に深くかかわろうとする作品があります。僕の目指してきたのはそのうちの後者の方です。

●そして、僕の目指してきた児童文学の内容は、戦争を二度と起こすな、起こさせるな、人間の自由を守り、人間の自由を拡げ深めるということにつきるでしょう。

●しかし、僕自身こうした作品を充分開花させないうちに、60・70年代の我が国の社会と文化の変容の中で、子どもたちの姿をとらえることも難しくなってきました。ただ大人とともに子どもたちが、子どもだからこそ、よりいっそう困難な状況におかれていることだけははっきりしています。

●僕たち大人も、この急激な変容の中で、これが確かだという生き方をもっていません。しかしそれでも子どもをはげまし、僕たちを乗り越えていく子どもの心や身体の基礎をつくることはやはり大人の責任です。僕は多少なりとも、その役割を果たしてきたという自負と思いあがりをもっています。しかしまだまだ不十分なことは言うまでもありません。

●今まで、僕がかくとくしてきたささやかなものを伝え、それを乗り越え、子どもと自分自身の新しい地平線を切り開いていく児童文学を求める新しい仲間と前進していくために、この塾を開きます。

読書運動に携わる主婦、公務員、作家……と、職業はさまざまです。わくわくしながらも、かなり緊張して塾の1日目にのぞみました。古田先生の開塾の言葉は、前ページのようなものでした。

こうして古田足日児童文学塾の勉強が始まりました。

1、2年目は、1980年代の子どもについて考えました。現代の子どもをとらえるためにどうしたらよいか。子どもの文化だけから見るのではなく、日本人の生活様式の変化といった広い所から見ていこう、ということになりました。いろんな本を読んでレポートを書いたり、話し合いをしました。また、親たちに戦後の話を聞いて報告をまとめたり、自分の子ども時代を振り返ったり、自分でテーマを設けて調べました。

私は、1955年から70年までの15年間に、日本の社会に起きたこと、日常生活に起きた変化、子どもの文化にあったできごとなどを拾い上げていき、年表を作りました。

3年目からは、現代の子どもをどのようにとらえ、どう書いていくかを中心課題にして、児童文学創作の勉強していきました。みんなの童話や創作を持ちよって勉強しました。塾のメンバーには、小学校の教師、幼稚園の教諭、学童クラブの指導員などがいたので、現場の報告をもとに勉強もしました。古田先生が構想中の作品について、話を聞かせてくださることもありました。

古田塾の良いところは、メンバーがどんどん発表し、意見をたたかわせるところです。

みんなで討論をしながら問題のありかを探っていく雰囲気はすばらしいものでした。

60歳のお誕生会

1987年11月29日に、古田先生は60歳になられました。12月6日には〈60才おめでとう おたんじょう会〉を開きました。この日のことは、ずっと忘れられない記念の日となりました。

この会のために、先生へのメッセージ、古田先生の年譜、著作目録を収めたパンフレットも作りました。

資料として、とても貴重なものになりました。私はこの会のために、〈古田先生の60年スライド〉を作り、映写しました。

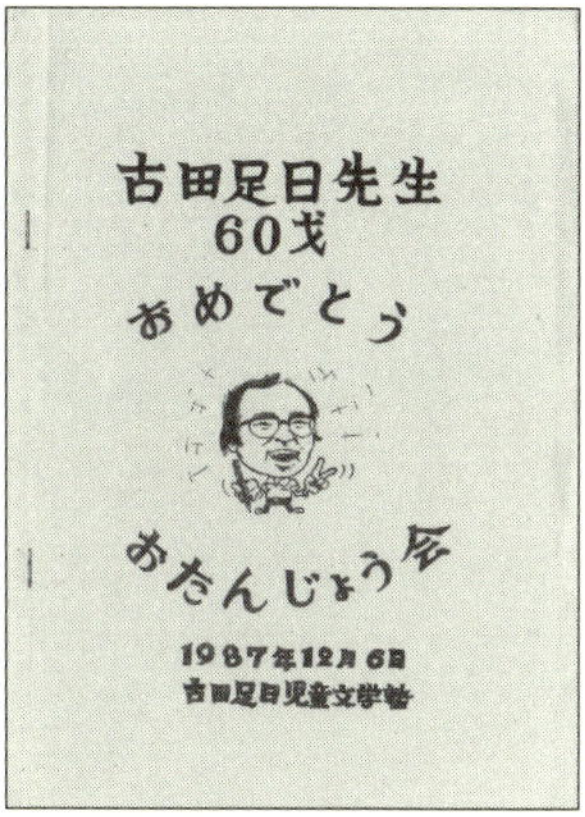

「古田足日先生
60才おめでとう おたんじょう会」
1987年12月6日
古田足日児童文学塾

古田塾はその後も、先生のお宅での勉強会、夏の立科での合宿などをまじえながら、東京・目白の子どもの文化研究所で勉強をつづけていきました。

古田塾は15年を過ぎたあたりから、テンポはゆっくりになりました。2000年を迎える頃には、年に1回位開けばよいなという感じになりました。

２００4年、古田先生は77歳のお誕生日を迎えられました。先生と塾のメンバーで先生の出身地の愛媛県東予市に行って、喜寿のお祝いをすることができました。傘寿のお祝いも新宿でやりました。２０１5年の米寿のお祝いを楽しみにしていましたのに、その前に先生は旅立たれてしまいました。


「東京・絵本の学校」でお会いしたときの先生は47歳でしたが、それから40年がたちました。34歳だった私も、70歳を過ぎてしまいました。40年も先生はつき合ってくださいました。もし私が、もっと早く生まれていたり、もっと遅く生まれていたりしたら、古田先生にお会いすることはなかったでしょう。児童文学とは別な世界に生きていたら、先生に教えていただくことはなかったかもしれません。

20世紀後半の日本で、児童文学の世界に飛びこんだことで、古田先生にお会いすることができました。そして古田足日児童文学塾に入れていただき、たくさんのことを先生から教えていただきました。生きていく勇気と優しさも学びました。人生で古田先生に会って、教えていただくことができて幸せでした。ほんとうにありがとうございました。

私はすぐ75歳になります。もう少しだけがんばって、先生にほめてもらえる作品を書きたいと思っています。どうか見守っていてください。

（くにまつ・としひで）

惜しみなく与えてくださった
ふたつの学びの場で

古田塾・ゼロの会・児童文学作家
ばんひろこ

開塾のころ

1981年5月19日、私は童心社の池田陽一さんに誘っていただき、古田塾発足の会に参加した。

目白の子どもの文化研究所、急な階段を上った一室だった。記憶の中では、発足の日は、作家や創作を目指す方、編集者、児童文化運動の方や研究者、教員、評論家など、様々な方が集まっていたと思う。

「開塾にあたって」という古田先生のレジュメについては、国松俊英さんが詳しく触れている。力強い開塾の言葉で、ことに近年の児童文学の問題を自分の問題としてとらえ、それを乗り越えるために塾生と力を合わせて勉強をしていこうという姿勢には、いま読み返しても感銘を受ける。

この日の講義の中で先生は、商品化されている児童文学が、子どもを深いところで捕まえることができていない、子どもを見ていなくておとなの自己表現を示そうとする傾向があること、どう生きてほしいか、あるいは自分自身がどう生きるかという問いかけをしなくなった、と語った。そして、子どもの本を書くにあたって、「子どもの文化」「文化財」「子どもの文化活動」という三点を考えなければいけない、と、会の方向を示した。さらに今後の予定については、子どもの文化などについて勉強をしながら、創作・評論を提出し、出された作品について話し合う、とした。

初期のころの塾は、私の中では「子どもと文化研究会」との線引きがよくわからなくなっているのだが、古田足日『子どもと文化　日本児童文化史叢書』(久山社、1997年)、古田足日『子どもを見る目を問い直す』(童心社、1987年)、汐見稔幸編『もうなくしたい子どもの悲劇』(童心社、1998年)、田中孝彦『子どもの発達と人間像』(青木書店、1983年)、山口昌男『挑発する子どもたち』(駸々堂出版、1984年)、本田和子『異文化としての子ども』(筑摩書房、1992年)など、実にたくさんの本を読み、不勉強だった私は、これは大変なところに入ってしまったと思ったものだった。

1997年には、皆で5月の児童文学者協会総会付設研究会の「戦後児童文学の五〇年に何を学ぶか」というシンポジウムに参加した。そのシンポジウムの内容を下敷きに、6月に古田宅へお邪魔し、宮川健郎『現代児童文学の語るもの』（NHKブックス、1996）をテキストにした勉強会をした。もしかしたらこれが古田宅に伺った初めての時だったろうか。1階リビングの本の多さに驚いた後、2階の図書館のような蔵書にまた仰天した。そして、勉強会で塾生が過去に読んだ資料について触れると、さっと席を立って、その資料を迷うことなく探してくる古田先生には、さらに驚かされた。

塾の仲間

会を重ねるごとに塾のメンバーは多少増えたり減ったりした。作家・創作を志す人が最も多く、あと数名の編集者と読書運動の方となった。それに伴い、読書会や創作の合評に使われる時間が増えていったように思う。書いたものを読んでほしい、創作の力をつけたい、という塾生の願いが大きかったのだろう。作品合評をする中でも、先生はしきりに、子どもに向かって書いているか、深いところで人間に気がついているか、ということをおっしゃった。おとなが設定したものを超える子どもの力を評価し、手慣れた文章でまとめてしまう作品には厳しかった。

塾生の中には、紙芝居作家の上地ちづ子さんや、詩人の高木あき子さんもいらして、作品合評は多岐にわたった。学校や学童保育の現場からのレポートも取り上げ、つねに、現代の子どもに目をすえていた。また、古代の神話が現代の子どもに喜ばれ力をもたらすことや、戦争をどうとらえ伝えるか、ということにもこだわり続けた。

塾頭が国松俊英さんで、古田先生と相談をしながら、その都度、次回はどういう勉強をするかを決め、古田塾のかじ取りをしてくださった。エネルギー源のように会を盛り立てたのは、今関信子さん、山口節子さん、一色悦子さんの、お三方だったと思う。古田塾の解散が決まった後も、この3名が古田先生に交渉し、新たにゼロの会という勉強会をつくって、活動を続けることができた。

創作と読書会と

私は、1987年ごろから、出産と子育てを理由に数年間、勉強をさぼった。しばらくぶりに戻った時に塾でやっていたのは、「花がでてくる怖い話を書く」ということであった。やはり古田塾ではおもしろいことをやっている、と思い、さぼってなかなか復帰しなかったことを悔やんだ。復帰第一作で私も花がでてくる怖い話に挑戦したが、これまでに書いたことのないものに向かうのは、わくわくして楽しい作業だった。古田先生は、この話を集め、塾生で1冊のアンソロジーを出すことを考えていらしたようだが、とうとう実現しなかった。創作に力を入れた会であったにもかかわらず、塾で冊子にまとめたのは、亡くなられた塾生の的場曄子さん、上地ちづ子さんの、追悼文集だけであった。

さぼっている間に、塾では毎年のように、古田先生の立科の別荘で合宿を行うようになっていた。1996年の合宿では、塾生の作品の合評のほか、12作品、複数巻のものもいれて14冊の、どれもハードカバーの児童書についての勉強会も行われた。リュックに詰め込んだが、重すぎて、数冊家においていかざるを得なかったことを覚えている。

読書会で選ばれる本は、児童書にとどまらず、古田先生が「おもしろかった」とおっしゃる幅の広さが、楽しかった。印象に残っているのは、村田喜代子『龍秘御天歌』(文藝春秋社、1998年)、内田康夫『天河伝説殺人事件』(角川書店、1988年)などなど。もう、外出も難しくなって、本屋さんに行くこともできないんだ、とおっしゃっていたころ、「これはおもしろかったから読んでみなさい」といわれた赤坂真理『東京プリズン』(河出書房新社、2012年)にも驚かされた。常に柔軟で、束縛されない自由な好奇心を持っていらしたと思う。

ゼロの会だったと思うが、探偵ものの作品合評中、私がテレビアニメの「名探偵コナン」を引き合いに出して感想をのべたら、古田先生はすぐにメモを取り始め、「名探偵……なんといったかな?」とおっしゃった。

そういう古田先生の好奇心と知識欲は、尊敬するところであるが、失礼ながら、大変愛らしくも感じた。古田先生が、アニメのコナンをご覧になったのか、おもしろく感じられたのか、私は伺うのを忘れてしまった。

「瑞穂の国ゼロ時間」への思い

作品合評は、古田先生の作品についても行った。ゼロの会の第1回では、日本児童文学に連載されたものの未完になっている作品「瑞穂の国ゼロ時間」をやった。古田先生40代の、若々しく反戦の思いがあふれる作品だが、厳しい意見もたくさん出た。戦争のリアルな場面に比べ、タイムマシンの描かれ方が現代の子どもが読むには古臭く、よくわからない描かれ方だ、という感想もあった。タイムマシンで時間軸がずれていくことによるわかりにくさについても多く指摘された。また、書かれた時期からその時点ですでに37年たっており、過去と現代を描いておもしろさを出すには、現代が古い、という意見もあった。古田先生は、中断した理由について、天皇への踏み込んだ批判も描かれているため、右翼からの攻撃が怖くなったといっていらした。実際に嫌がらせはいろいろと受けたようだった。そういったことも含めてだと思うが、書くのがしんどくなったとおっしゃっていた。

また、別の機会に塾生の壮大なスケールの作品を評したときに、「自分の中で広がりすぎて処理できなかったものを考えてしまう」とおっしゃったことがあったが、これは「瑞穂の国ゼロの時間」や、「風雲カピラ城」のことを言っていらしたのではなかったろうか。

しかし先生は、この先はこのようにしたいと思っている、という思いも、語ってくださった。その後、「瑞穂の国ゼロ時間」については、たまに話の途中で出てきたことはあったが、大きく取り上げることはなかった。

そして、亡くなられた後私は、古田先生がこの作品を何とか仕上げたいと熱い思いで語っている晩年のＤＶＤと向き合うことになった。

古田塾開塾のレジュメで、先生は、「戦争を二度と起こすな、起こさせるな、人間の自由を守り人間の自由を広め深める」という先生の目指してきた児童文学が、十分開花できないうちに、現代の子どもたちの姿をとらえるのが難しくなった、と書いている。おとなも確かな生き方を失っている、しかし、そこをあきらめないで切り拓くために仲間と塾を開くんだ、と語っていらっしゃる。

私たちは、古田先生から、多くの知識や道筋を得ようとし、先生は惜しみなく与えてくださった。しかし、私たちはどれだけ古田先生の力になれたのだろうか。そこが本当に心もとなく、悔やまれてならない。

（ばん・ひろこ）

ぶらさがっていただけだった

古田塾塾生・童心社
堀内健二

僕は、1981年に目白にある子どもの文化研究所の講座の一つとしての古田足日児童文学塾に参加した。当時、童心社に入社して3年目の僕は、子どもの文化研究所の紙芝居ゼミから発展した紙芝居を演じる会「ひょうしぎ」に参加していて、この講座が始まることを聞き、是非とも参加したいと思った。

かなり個人的なことを書くが、大学時代児童文学に縁のない生活を送っていた僕が就職を考えたときに、にわかに出版社、中でも児童書の出版社への入社を希望するにいたった。大学の4年生の1年間、卒論もそこそこに、それまで熱心ではなかった絵本や児童文学を読みあさった。そのときに、古田先生の初期の評論に出会い、非常に感激した。実は、小中学校時代に目にふれていてもおかしくない古田作品を全く読んでいなかったので、遅れてきた読者なのだが、児童文学の可能性に目を開かせてくれた一人が古田先生であることは間違いなかった。そんな古田先生の塾だというので、参加したかったのだ。

塾が始まって何回目かの日だったか、古田先生がこの塾では、先生と呼ばないでほしいと宣言したことがある。宣言は少し大袈裟だが、そんな風に聞こえた。この塾では、共に学んでいく仲間なのだという意味で言ったのだと思う。しかし、その後、誰も古田先生という呼び方を変えるメンバーはいなかった。文字通り「先生」だったのだから。

古田塾は、基本的には、児童文学を書く作家の修行の場のような所だったと思う。発表前の作品を提出し、相互に批評したり、何より古田先生から率直な意見を聞くことができる。そこでは、作品論にとどまらず、子どもをどうとらえ、どう考えるかもテーマになる。当時、小学校の先生や学童保育に携わるメンバーもいたので、リアルな子どもたちの状況も知ることができる。そんな中で、自分自身は、中途半端な立場であり、作品を書くつもりもなく、当時編集の仕事もしていなかったので、考えてみたら塾へのかかわり方も、ただぶらさがっていただけだったような気がする。好き勝手なことを自分の経験や考えで言っていたにすぎなかった。もちろん、大切な学びの場であったことは間違いないが。

夏合宿という非日常

古田塾というと、夏合宿のことははずせない。2泊3日だったと思う。長野県立科の泉郷にある古田先生の別荘に泊まっての合宿だった。何年間くらいやっていたのかは、よく覚えてはいないが、自分にとって、夏の楽しいイベントだったことが懐かしい。毎回テーマがあって、作品を書くことだったり、レポートを提出する宿題もあったのだが、それより、単純に夏の涼しい立科での非日常を古田先生を中心とするメンバーと過ごすことが楽しかった。

別荘だから、自炊が基本なのだが、その食事作りも楽しかったのだと思う。女性のメンバーはとても張り切っていたし、楽しそうだった。そういう自分も別荘のカウンター式のキッチンが当時珍しく、夜ずっと、シンク前を占領していたことを思い出す。

古田塾だから、当然学習会に時間を費やすわけだが、午後は、立科の高原を散策したり、ハイキングしたりもした。古田先生の趣味というと、麻雀が頭に浮かぶが、高原の散策も好きなことだったと思う。特に、花には興味をもたれていて、自分も持っているが、『信州高原の草花１００選』（発行・中央企画、協力・諏訪市教育委員会、１９８５年）というカラーの小さな本などを見ながら、花の名前を確認したりしていた。

古田塾では、後半、「私の花物語」という課題が与えられて、創作活動中心になっていったが、「花」は、古田先生のキーワードの一つだったのではないかと思っている。

その散策の時間は、おそらくメンバーにとっては、特別な時間だった。今回は誰が古田先生と一緒に歩くのか。自分は一度も古田先生と一緒に歩いたことがないので、どうやって、決めるのかよくわからないが、もしかしたら、古田先生から声がかかることがあったのかもしれない。おそらく、メンバーは古田先生と話すことによって、悩んでいたことや、相談したいことを話していたのだと思う。そういうとき、誠実に答えていたであろう古田先生の姿勢こそが、塾が長く続いていたことの理由なのだろう。

ある日の古田塾から

古田塾では、発表される前の作品を題材とすることが多かったが、出版されたメンバーの作品を取りあげることも少なくなかった。

この原稿を依頼されて、当時の古田塾のノートを捜してみると、本当に管理も保存も悪く全部は見つからなかった。そんな中で、『へび山のあい子——赤い矢と青いほのおの物語』(絵・田畑精一、童心社、1987年)をとりあげた回(1987年12月6日)のものがあったので、古田塾でどんな論議がされたのか、少し紹介しようと思う。もちろん、ノートのメモから再現するので、かなり不正確なものであることをおことわりしておく。

〔**レポーターからの問題提起**〕

●壮大な物語。現代の子どもたちへの強い呼びかけ。今いる私は一人でいるわけではない、れんめんとつながる人と人の中にいるということ。子どもたちのエネルギーを信じている作者の思い。

●ハラハラドキドキの冒険物語。緻密な構成。古田先生の一つの到達点。
●ただし、1章と2章の違いに違和感があった。3章以降のあい子がおとなの女性のように感じてしまった。

実は、もう一人のレポーターは自分なのだが、当日のレジュメは残っているのだが、自分にとって、複雑だと思った物語のしくみを自分なりに整理してみただけのメモにすぎず、何を言いたかったのか不明で、ここではうまく紹介できなくて、申し訳ない。

〔これらの問題提起を受けて、メンバーの意見〕

●子どもの本を作るということはメッセージを送ること、それをファンタジーで伝えた。ただメッセージがストレートには伝わっているかというと、うまくいっていないのでは。
●1章は好きだが、異質な感じがぬぐえない。私にとっては、夢の部分がなじめなかった。へびとあい子だけのところで、あい子の自己変革されていくのはどういうことか。
●1章に違和感はなかった。古田先生が8年間へび山塚で眠っていたこの作品を生みだした。夢が意識を変えていくこともあるのでは。
●ことばの意味、神話の世界、なぜこのような世界に到達することができるのか。

〔これらの意見を受けて、古田先生の話〕

●根源的なイメージに帰りたいと思っていた。いま、出口が見つけにくいということがあり、神話的なものが、これまで見落とされているのではないかという思いがあった。

●死と再生。一人になるところでの変革は、一つの再生。
●子どもにひっかかってほしいという思いがあり、その点で、ある程度成功したと思っているが、やや詰めこみすぎたという思いもある。
●ことばで表現するということの意味が、いま不十分になっていないかという問題意識がある。

不十分な紹介ではあるが、ここでも、自分の作品に対する古田先生の真摯な姿勢を感じることができるのではないかと思う。

1987年12月6日、「60才おめでとう　おたんじょう会」で紙芝居を演じる筆者

最後に、今回の原稿を書くために資料を探していて、「古田足日先生60才おめでとうおたんじょう会」というパンフレットがでてきた。自分がそろそろ還暦になろうとすることを考えると、不遜であることを十分自覚してなお、彼我の違いに愕《がく》然としてしまった。

（ほりうち・けんじ）

「60才おめでとう　おたんじょう会」に寄せて

六十歳を迎えるお父さんへ

お父さんは私に、自分史を書けと言った事がありました。私が全然書こうとしないのでお父さんは残念そうでしたね。あの時はほんとうのことを言うと、面倒だなという気持ちだったのです。

自分史を書くことを考えると、今でもやっぱり面倒です。それに今まで感じた悲しい思い、辛い思いを紙の上にきちんと残してしまうことは、ほんとうに勇気のいることで、私にはそれをするだけの勇気はまだ少し足りません。

けれども結婚して花音を産み、大変だけれど毎日が充実しているなと感じる今、お父さんが自分史を書けとあれほど一生懸命に言った訳が、やっと分かったような気がするのです。

今まで生きてきた中で、わざと思い出さないようにしていたこと、あまり深く考えないようにしてきたことを、今はわりあいしっかり見ることができるようになったのです。そして、そのことも私が通らなければならない道だったのだ。その時はほんとうにただ無駄だったようなことも何一つとして無駄にはなっていないと思うのです。

日本女子大学の講義を怒って教室を出てしまったという話を聞いた時、だんだんおじいちゃんに似てきたなと心の中で笑ってしまいました。お父さんも年をとったなと少し寂しく思いました。でも私に子どもができる年だもの、それも当たり前かなとも思ったのです。

お父さんが六十歳になる年に産まれた花音を見て、また新しい話が出来ればいいなと思います。誕生日おめでとう。

生駒あかね

足日さん　還暦、おめでとう　六十年も生きてきたと思うと不思議な気持ちがするでしょう？　今年は長いことかかった「へび山のあい子」も出たし、「子どもを見る目を問い直す」も本になったし、また初孫の花音も誕生、人生のすばらしい節目となりましたね。

私達もここ二、三年、三人の親を見送り、人生や仕事の重みで、やや現状維持という姿勢で堪えていた感がありますが、還暦をバネにまた新しい気持ちで、作品や評論、それに遊ぶことに意欲をもやしてください。いつだって今が一番若いんですし、人生に折り返し点無しと最近強く感じているものですから…。

侘助椿《わびすけ》が二輪咲いた日に。道連れより

古田文恵

「古田足日先生 60才おめでとう　おたんじょう会」パンフレットより

6

「新しい戦争児童文学」委員会

次世代に平和をつなぐ表現を求めて

日本児童文学者協会創立 60 周年記念出版
『おはなしのピースウォーク』（全 6 巻）新日本出版社

2004 年、古田足日さんが中心となって、これまでの戦争児童文学の概念を打ち破り、新しい表現をめざした「新しい戦争児童文学」を募集しようと、日本児童文学者協会内に創設。その集大成『おはなしのピースウォーク』全 6 巻が協会 60 周年記念として刊行された。さらに表現を深めるために、活動は継続中。

弔旗と白骨の幻視者としての古田足日

「新しい戦争児童文学」委員会・児童文学作家
きどのりこ

戦後の日本児童文学を支え、育ててこられた古田足日さんは、鋭い理論家であり批評家であられたことは言うまでもないが、同時に、その心の風景の中に視覚的なヴィジョンに富んだイメージを喚起することのできる幻視者であられたと思う。

というのは、二つの印象的な例があるからだ。

二つの幻視エピソード

その一つは、『児童文学の思想』（牧書店、1965年）に収録されている「実感的道徳教育論」（初出『人間の科学』1964年3月号）のなかで、自分の心のなかに見た風景――それは昭和20（1945）年の暮れ頃、いっしょに歩いていた友人の「あの日、なぜ日本の家いえは弔旗を掲げて敗戦を悲しまなかったんだろう」という言葉に触発されたものだった――についての文章だ。「あの日」とは8月15日であり、その友人は翌年には栄養失調で死んだと記されている。また古田さんの中の「あの日」とは、同時に1963年11月9日でもあり、三井・三池炭鉱の爆発で458人の死者を出し、同じ日に東海道線の鶴見事故で162人の死者を出した日のことを指す。その直後の11月23日にアメリカのケネディ大統領が暗殺されたが、その数日後、古田さんは一つの幻を見る。それは焼け跡の日本全土に弔旗が掲げられ、はたはたと風に鳴っている風景だった。現実には、二つの「あの日」に弔旗は掲げられなかった。しかし、古田さんは「幻視」したのだった。その一つのきっかけは、ケネディ大統領の死を悼む若い母親の新聞投書にあった。「とめどなく流れる涙をぬぐうことさえ忘れてテレビに見入った」という母親に対して、ここでも興味深い幻視を古田さんは行っている。「一瞬かわって若い母親の断面図が見える。いかなることか。肺と肋骨のあいだにあるはずの空間がない。肺はぴったりと肋骨にくっついている。癒着だ。いや、それだけでない。ブラウスもスカートも体にくっついている。衣類も癒着してしまったのか」、これも、いかにも古田さんらしいヴィジョンである。

また、もう一つの幻視は、「『あかつき戦闘隊』大懸賞」問題のときのことだ。

この問題は、1968年、小学館発行の少年週刊誌『少年サンデー』3月24日号の懸賞募集賞品の撤回を、日本児童文学者協会や日本子どもを守る会などの団体や有志が申し入れたことで、古田さんは最初の問題提起者の一人だった。

その賞品というのは、一等が旧日本帝国海軍兵学校の制服であり、その他の賞品もナチスの軍旗、鉄十字章、またソ連軍ピストル、ドイツ、アメリカの鉄かぶとなどが、「どれも実物そっくりのモデル！　かっこいい！」という惹句つきで提示されたもので、この悪夢のような軍国主義の再来を感じさせるあまりの無神経さに、まず怒りの声をあげた古田足日、今江祥智、神宮輝夫、前川康男といった人びとが毎日新聞に投書し、鳥越信、菅忠道、いぬいとみこ、横谷輝、代田昇、斎藤了一、那須田稔なども加わって撤回運動に立ち上がった大きな社会的事件だった。その時の状況は『児童文学の旗』（理論社、１９７０年）に詳しいが、そこにもう一つの古田さんの「幻視」が記されている。

日本児童文学者協会の合宿研究会の帰り道（この合宿では児童文学者の社会的責任について活発に論じられた）、喫茶店に入った古田さんと二人の児童文学者との間でこの『少年サンデー』の懸賞が問題となり、一人の方が早速喫茶店を出てその雑誌を一山買い込んできて、問題の懸賞のページを開けたときのことだ。

古田さんはその賞品写真の向こうに、白骨が浮かびあがるのを見た。

これは反射的、直感的なイメージであり、私はそのことをとても古田さんらしいと思う。

古田さんは、「神風特攻隊」を少年小説として書きたいという構想を持っておられたが、その発端として、「ぼく」が古本屋で買った本の中の特攻隊の死者名簿を深夜見ているとき、その行間から一体の白骨が立ち上がり、飛行服をつける場面を考えておられた。そのイメージが思いがけず、「あかつき戦闘隊」懸賞賞品の向こうに立ちあらわれたのだった。

人びとに呼びかけ抗議運動へ

そこから多くの人びとに呼びかける果敢な抗議運動が展開されていく。

こうした弔旗や白骨を見ること、それは作家としてのイマジネーションの鋭さにほかならない。古田さんといえば何よりも戦後児童文学を牽引されてきた批評家であり、理論的指導者であるのだが、むしろその本質は作家であることを、私はこれらの「幻視」を通して感じるのだ。しかし日本の児童文学の現状があまりにも立ち遅れていたため、まずその土台を固める作業と、作家、評論家を育てる仕事に重点を置かれたのだと思う。

「あかつき懸賞問題」の進行中の頃も、『少年ブック』(集英社)には「エンタープライズ完全図解」が載り、『少年サンデー』は「木口小平」の話をはじめとする「日清・日露戦争名画集」を載せている(戦前の『少年倶楽部』とまったく変わらない)。権力と癒着した企業の方針はそれほど強く、多くの人びとの抗議もかき消されてしまうのだ。

私自身はこの「あかつき戦闘隊」懸賞問題をその当時はまったく知らず、1984年に私が小学館より『空とぶキリンと青い夢』を出版した際にも、『少年サンデー』と同じ出版元であるという自覚はなかった。70年代から反自衛隊・反基地闘争に関わっていたにもかかわらず、児童文化の戦争協力の問題については無知に等しかった。

現代の子どもたちに戦争を伝える模索

そして今、ふたたび「愛国心」の名のもとに、子どもたちに誤った「戦争賛美」が植えつけられようとしているとき、古田さんのように「幻視」をともなった鋭い反応と、そこからおのずと立ち上がる毅然とした行動が私自身にとれるだろうか……と自問せずにはいられない。

「新しい戦争児童文学」のプロジェクトは、どうしたら子どもたちに戦争の真実を伝えられるかという、古田さんが私たちに託された大きな課題だった。これは必ずしもテーマの新しさばかりではなく、手法そのものの新しさも含んだ、そして子どもたちの心をつかむ「おもしろさ」の一面も視野に入れなければならない、難しい仕事だ。現代の子どもたちにどう向きあって戦争を伝えるかという模索は、古田さんの遺志を継いでこれからも続いていく。どうかこれからの出版を見守っていただきたいと思う。

（きど・のりこ）

不肖で無精ながら、決意

「新しい戦争児童文学」委員会・児童文学評論家
西山利佳

〆切を3日過ぎて、今日こそ書こうと思っていたこの原稿を書けないまま寝てしまった夜の明け方、ひどい夢を見た。夢の中の私は学生で、ゼミの発表の日なのに、レジュメ一つ作っていない。慌てて、せめて以前書いた自分の手書き原稿をコピーしようとするのだが……。この心臓に悪い夢で私がコピーしようとしていた原稿の元はわかる。原稿用紙36枚相当の手書き小論「〈原風景論〉考」。奇しくもほぼ30年前、「85年3月21日了」と末尾にある。

＊

私は1984年春に大学を卒業し、都内の大学院に進んだ。そして、古田家でアルバイトさせていただくことになる。本書でも柱の一つである「子どもと文化」研究会に、私は、84年9月から参加しているようだ。そのころ研究会は、「原風景論」まっただ中だった。82年刊『講座 現代教育学の理論 2民主教育の課題』(青木書店)収録の古田論文「子どもと文化」はもとより、奥野健男の『文学における原風景』(集英社、1972年)始めいくつもの資料を読み合っていた。この研究会でレポーターも務めたりしながら考えていたことを文章化して「古田塾」へ提出したのがくだんの小論なのだった。

第15回「子どもと文化」研究会は、「古田塾」と合同の勉強会となり、85年4月16日、拙論「〈原風景論〉考」がテキストとなった。その日のコメンテイターは鈴木レイさんと石井直人さん。参加者は全部で14人。さて、その内容は、古田さんをして「これほど、言葉は通じないものなのだろうか、とつくづく思った」と言わしめたものだった(読んで議論してくださったみなさんへの、申し訳なさと感謝の念でいっぱいだ)。

「新しい戦争児童文学」委員会の枠で書くのに、なぜここまで寄り道しているかというと、問題の小論のモチーフが、「戦争児童文学」へつながっていたからだ。

古田さんは自らの「8月15日」を「青年初期の原体験」と受け取り、それは「空と海の青のなか、音のない世界にただようぼく、というイメージとしてぼくのなかに保存されている。このイメージが原風景であり、原体験は原風景として保存されているといえよう」と書いた。それに対し、私は「困る」と述べた。「8月15日」を持たない私たち世代は、「根無し草のレッテルが貼られる」しかないようで困る、という反発を、精一杯論理的に展開しようと幼い理解と言葉を延々連ねていた。

のちに、古田さんが、自らの戦争体験は語れないし、他人に理解されるとも思っていないということを知るわけだが、このときの私は、古田世代の人が、まるで自分のルーツを誇ってでもいるかのように捉え、勝手にいじけ、反発していた。人はどのように人になるのかという、形而上的問題を思索しようとしていた「原風景論」を皮相にしか理解できていなかった私だが、「戦争体験」の伝達がはらむ問題を古田さんの目の前で展開して見せたこと自体、無意味ではなかったのではないかと思っている。私は、その後『わたしたちのアジア・太平洋戦争』(全3巻　童心社、2004年)の編集委員として迎えられた。動き出した企画に少し遅れて招かれた私がまず課せられたのは、今まで子ども向けに出ている戦争体験集を読み、どういうのが面白かったか、感想を述べることだった。

私はこの「体験集」編集体験を通して「戦争体験」コンプレックスとでもいうような被害妄想から解放された。だからといって、古田さんの感覚に近づいたということではない。

この体験集の編集で古田家を訪れていたときの会話だと思う。

「利佳ちゃんは、(アジア・太平洋戦争で日本軍の被害に遭った人たちに)日本人として申し訳ないとは、思わないの?」

と問われ、「思いません」と即答した。「選挙権がある以上、今の政府がやることには責任があると思ってますけど。でも、投票した人が当選したことがないんですよね」と続けると、いかにも愉快そうに「そうなんだよなぁ」と顔をくずされたのを覚えている。

さて、『わたしたちのアジア・太平洋戦争』の奥付は2004年3月20日。アメリカが中心となった「有志連合」のイラク攻撃からちょうど一年目である。そして、アメリカに追随して日本が自衛隊派遣を決める。その動きに反対する声明もいいが、やはり作品を書いて表現するべきではないのかと木村研さんが漏らしたひと言に、古田さんがすばやく反応して、日本児童文学者協会内に「新しい戦争児童文学」委員会が生まれたと聞いている。私は、開設当初はこの委員会のメンバーではなかったが、04年10月17日に開かれた第1回の研究会から参加しており、同年11月〆切の第二回の応募から選考にも参加している。これまでの流れを私なりに整理しておくと……。

〔第一次1期　2004年3月～〕

「『新しい戦争児童文学』を求めます!!」と題して公募を開始し、公募作品、あるいは既成作品をテキストにした研究会を重ねる。

〔同2期　2005年夏～〕

新日本出版社からの出版が決まり、書籍刊行へ取り組んだ時期。06年に3冊、日本児童文学者協会創立60周年記念として刊行。

〔同3期　2007年～〕

シリーズ第2期全3巻の刊行が決まり、第5回の作品募集を開始。年内に2冊、08年1月に1冊、最終的に全6巻の〈おはなしのピースウォーク〉シリーズ完成。

〔同4期　2008年〜10年9月〕

普及と検証の会を持ち、長編をどうするかなど、次なる活動を検討し始める時期。

〔第二次　2012年〜現在〕

「新しい〈長編〉戦争児童文学」呼びかけ、具体的に始まる。3月25日、再開第1回学習会。

（第一次の世話人は川北亮司さん。第二次は西山が務めている）

この第二次の動きを促したのも、古田さんだった。2010年4月5日付「新しい戦争児童文学委員会の第二次活動についてのメモ」が残っている（このメモの中で、未完のSF「瑞穂の国ゼロ時間」を挙げ「このような物語もあってよいのではないか」と書いている）。

第二次の活動は、遠出が難しくなってきた古田さんの便を優先して、東久留米や武蔵小金井で研究会を重ねるようになる。古田家で開かせていただいていた委員会では、古田さんのいらだちを感じる場面もあった。この文学運動は古田さんのまさにライフワークだったのだと思う。最後の評論集『現代児童文学を問い続けて』（くろしお出版、2011年11月）の書き下ろし原稿のタイトルも、「『新しい戦争児童文学』を求める」である。

「新しい〈長編〉戦争児童文学」のシリーズ（シリーズタイトル未定）が、2016年春、日本児童文学者協会の創立70周年記念出版として、新日本出版社から全5巻で刊行されると決まったのが、2014年の7月である。

さて、前述の書き下ろし原稿は、私が、古田さんのメモや話されたことから構成して文章化し、それを基に完成してもらった。その作業の中で、どきんとしたことがある。

「『描く』は使わない。ぼくは、あくまでも言葉で書いている」

「ぼくは、『そもそも』は使わない」

そもそも「そもそも」とは、と考えてみる。「そもそも」とは、そこまでの思考を一旦切って、別の次元に飛躍するときに使うのではないか。私は、30年間、粘り腰で考え続け、それを言葉にする稀代の実践者を間近に見続けてきたのだ、と今更のように気づく。

これだけだと、妙にストイックなイメージになりそうだから、もう一つ記憶に残るエピソードを記して、そろそろ終わりにしたい。

古田家でお手伝いをしていた大学院生時代のこと。ある日、新聞にロンドンのシャーロキアンの記事があって、私は、おもねるように「どうでもいいことに、よくまぁこんなエネルギー注ぎますねぇ」という感じのことを口にした。そして、新聞から目を上げると、古田さんは、「おもしろいなぁ」と、あの心底感じ入った笑顔で同じ記事をのぞき込んでいたのだった。

*

古田さんは先の書き下ろし原稿を「一人ひとりの人間を深く捉え、また社会認識の力も深める児童文学の力を信じている」と結んでいる。古田さんが信じた児童文学の力を発揮する、そんな本を世に送り出したい。創るつもりです。

（にしやま・りか）

「針」の痛み

「新しい戦争児童文学」委員会
児童文学評論家・児童書専門店「ハックルベリーブックス」経営
奥山 恵

「はじめの発言」から

私が、古田足日さんとご一緒させていただいた仕事といえば、やはり日本児童文学者協会の「新しい戦争児童文学」委員会で企画・編集した「おはなしのピースウォーク」シリーズ（全6巻、新日本出版社）である。作品募集や研究会を重ねて作ったシリーズで、編集作業の場で古田さんからいろいろなことを学んだが、個人的に強く印象に残っているのは、シリーズ各巻の巻頭に掲載された古田さんの「はじめの発言」である。古田さんは、子ども読者に向けたこの「はじめの発言」の中で、満州事変に始まる中国への侵略戦争から書き起こし、自らの子ども時代について、次のように述べている。

「そのとき、ぼくは小学校四年生だった。日本軍は次から次へと中国の都市を占領していき、ぼくたち子どもは大喜びだった。教室の壁には大きな中国の地図がはってあった。ぼくたちはその地図の、日本が占領した中国の都市に小さな日の丸の旗を立てていった。旗ざおは小さな針になっていて、その針を都市のしるしのマルに立てるのである。」

そして、やがて大人になったある時、古田さんはこの記憶とともに、日本軍の砲撃で壊された家々のそばにいる「中国の子どもたちの姿」が浮かび、「針でつきさされたように胸がきりりと痛んだ」という。「子どものときのぼくは、ぼくが針でさしたその町に、村に、中国の子どもたちがいることを少しも考えていなかったのではないか。」と。私はこの「針」の話に引きつけられた。それは、古田さんの豊臣秀吉の伝記を思い出したからである。

古田作品と「成長」

そのことを書く前に、ちょっとまわり道になるが、古田作品と私の個人的な出会いから振り返らせていただきたい。じつは、私は古田作品と、小学校2年生のときに出会っている。この年——1970年——、古田さんの『大きい1年生と小さな2年生』が読書感想文コンクールの課題図書になり、背が小さかった私は、自分に重ねつつこの本を手に取った。そして、正直に言えば、あまり面白くなかった。というより、この作品の子どもたちの健やかな「成長」の姿に、気おくれしてしまったように思う。何かとぐずな自分は、作品の子どもたちのようには変われないなと感じた。しかし、その思いは「成長」へのあこがれの裏返しでもあり、その後も、スポーツ漫画などで主人公が強くなっていくストーリーにわくわくし、教員になってみれば、生徒たちの目覚ましい変化に感動もした。「変わりたい」「変われるってすてきだ」というあこがれ。しかし「変わるとは何か」「変わってどうなるのか」という疑い。「成長」への愛憎ともいえる矛盾した気持ちは、『宿題ひきうけ株式会社』『おしいれのぼうけん』『学校へいく道はまよい道』などなど、古田さんの作品を読むたびに私の中で渦巻いていた。もちろん、研究会などでの古田さんの発言は、いつも子どもの育ちや社会の変化への迷いに満ちていたが、作品からは、なかなかその複雑さが感じられなかったのである。

ふたつの伝記のこと

ところで、これまた個人的なことだが、私は子どもの頃から伝記を読むのが好きだった。今も伝記の研究などを続けているが、思えばこれも、「成長」への愛憎のなせるわざかもしれないと思う。そして、じつは、古田さんの伝記作品に出会って、ようやく私は、古田文学の複雑さに、半分くらい触れることができたと思った。

古田さんはたくさんの伝記を書いてきたが、中でも「コロンブス」伝と「秀吉」伝は、何度か手を入れながら書き継がれてきた代表的なふたつの伝記である。初出は『コロンブス』(三十書房)が1964年で、その後90年にフォア文庫『コロンブス物語』(童心社)となり、93年『全集　古田足日子どもの本』第12巻に収められる。「秀吉」伝は、1971年『わたしの太閤記　千成びょうたん』(童心社)が初出で、やはり91年フォア文庫『豊臣秀吉物語』(同)となり、同じ全集に収められている。似たような経緯で出版されてきた伝記だが、その内容は、まったく対照的だと私は思った。詳細な対比は、かつて「古田足日のふたつの伝記――『伝記作法』とそこからの逸脱」(『日本児童文学』1997年9-10月号)でも論じたが、まとめて言えば、視点の置き方がまったく違うのだ。

「コロンブス」伝は、初出から全集版まで、「インディオの町」という、コロンブスが航路を開くのをきっかけに滅ぼされたアステカ族の側から書き始められている。そして、コロンブスが登場する「第一章　インディアスへの道」から最後の「第三章　夢と黄金の都」のそれぞれの章の間あいだに「インディオの町」の章がはさまれるという形になっている。章立てからもわかるように、この伝記は、コロンブスだけに焦点があてられてはいない。征服される側からもしっかりと描かれ、さまざまな立場の人々が錯綜し、そのうえ第二章の中ほどでコロンブスはあっさり死んでしまう。「コロンブス」伝だからと、その人を追っていこうとすれば、めまいのような感覚に揺さぶられていく。しかしそれゆえに、この作品からは、コロンブスが冒険家として「変わる」ことが、いやおうなく何かを「変える」ことにもなっていき、かつ悲劇的でもあるという複雑な歴史が見えてくる。

それに対して、「秀吉」伝は、子ども時代から、武士になることをめざし、信長の家来として頭角をあらわし、やがて天下を統一していくという過程を、一貫して秀吉に焦点をあてて書いている。「秀吉」伝を書く時、古田さんは、編集協力の歴史学者松本新八郎氏から、より史実に忠実な小瀬甫庵の『太閤記』を参考にするようすすめられたが、実際には、自身が子どもの頃に親しんだ『絵本太閤記』を基礎資料に選んだという。それは、「歴史ではなく読み物を選択したこと」(「あとがき」『全集　古田足日子どもの本』第12巻、前出)であり、たしかに、一夜で敵地に城を築いたり、奇想天外な戦術で危機を切り抜けたり、知恵を働かせてぐんぐん出世していく古田さんの秀吉像は、躍動感に満ちている。そして、このように秀吉が「針売り少年から一人前の武将になっていくまでのすがた」を古田さんは「針の刀をこしにさして、浪速から都へいった」一寸法師と重ね、「じつにおもしろい」(『豊臣秀吉物語』)と語る。ただし、ここには、秀吉が「変えた」ものを想像させる力は弱い。一寸法師の「針」が刺した相手を想像する余地は、ほとんどないのだ。

もちろん、関白まで上りつめた後の秀吉の残虐さについて、批判的な記述はある。とりわけフォア文庫版になるときには、文禄・慶長の朝鮮出兵を「朝鮮侵略」と位置づけ、大幅に加筆している。そこには、次のような記述がある。

「ただ一つ、ぼくが子どものとき、というのは一九三〇年代、昭和の初期のころですが、豊臣秀吉は「朝鮮征伐」までやった英雄だ、といわれていました。これは大きなまちがいです。よその国を侵略するのが、なぜ英雄でしょうか。戦国時代のつづきで秀吉には領土拡張主義とでもいうかんがえがありましたが、明治以後の日本もそうで、その結果は朝鮮を植民地にしてしまい、昭和になっては大きな戦争をおこしてしまったのです。」

さすがに古田さんらしい記述といえるが、一貫して秀吉に焦点をあて、いきいきとしたおもしろさを書き続けてきた伝記の最後に、このような説明がはさまれても、はたして「まちがい」を読者は実感として感じることができるだろうか。「コロンブス」伝の「変わる」ことが「変える」ことでもあるという、めまいのような感覚に対して、「秀吉」伝には古田文学の複雑さが感じられず、私には長いこと、もどかしさの残る作品だったのである。また、物語としてのおもしろさと、歴史の複雑を描くこととの、両立の難しさも改めて感じた作品だった。

「成長」の複雑さ

このように、古田さんの伝記作品においても、半分くらい——つまり「コロンブス」伝においてしか実現し得なかった、「成長」の複雑さ。そのもどかしさがようやく埋められたのが、私にとっては、「おはなしのピースウォーク」の「はじめの発言」だったのである。言うまでもなく、「はじめの発言」には、「秀吉」伝にはなかった「針」の痛みが記されていた。朝鮮はもちろん、中国まで、あるいはその他にも、侵略戦争によって日本が「変えてしまった」側の痛みが、実感を持って伝わってきたからである。私には、この「はじめの発言」は、「針売り少年」から始まる古田さんの「秀吉」伝の、ひそかな結びに思えた。

一寸法師の「成長」はかっこいい。ひとが、あるいは社会が、国が、世界が、変わっていくことはおもしろい。けれど、一寸法師の「針」が刺したもの、「変わる」ことで「変えて」しまうものの痛みも、想像し続けねば、それは「成長」の半面を捉えたことにしかならないだろう。この古田文学の「成長」の複雑さを、私は何よりも忘れずにいたいと思っている。

（おくやま・めぐみ）

7

子どもの本・九条の会

二度と戦争をゆるさない

2008 年 4 月 20 日、子どもの本・九条の会「設立の集い」の代表団
撮影：長谷総明

2007 年 4 月、古田足日さんの呼びかけで準備会発足。「平和あっての子どもの本」を合言葉に、改憲の動きに反対し、「9 条守れ」の輪を広げることを目的に、2008 年「設立の集い」が開催された。子どもの本の作家、画家、編集者、読書運動に関わる人たちが参加し、会員は 1000 名を超える。

憲法九条のバトンを受け継ぎながら

子どもの本・九条の会代表団
親子読書地域文庫全国連絡会代表
広瀬恒子

２００４年、大江健三郎さんや澤地久枝さんたち９名の人が九条の会を立ち上げ、そのアピールにこたえるように各地・各分野に続々と九条の会が生まれ活動をはじめていたときです。その動きの中で子どもの本の分野でも……と思っても、声をかける勇気もなく、ぐずぐずしていたとき、今は亡き神戸光男さんから、「子どもの本の九条の会づくりについて、ちょっと相談が……」と電話が入りました。神戸さんは「九条の会」づくりについて、すでに古田先生宅へ行かれ、さて、これから……とあれこれ思案中だったのでしょう。

以後、準備委員会ができるまで、私たちは、丘修三さん、浜田桂子さん、茂木ちあきさんたちと、古田宅や古田宅近くのお蕎麦屋さんなどで相談を重ねることになります。

社会的問題への発言者として

古田先生は児童文学作家として児童文学評論家としての活躍に加え、これまでも社会的な問題への発言者としても中心的な役割をはたしてこられていました。

私が最初に記憶したのは、1968年、自分の住む地域で子どもたちと親子読書会を立ち上げたときでした。少年週刊誌『少年サンデー』の懸賞募集賞品に、ドイツ軍コレクションでナチスの軍旗・鉄十字章、アメリカの鉄カブトなど軍国調の懸賞品がつけられたのです。このことに抗議し撤回を求める運動が起こりました。このとき鳥越信、斉藤了一、寺内定夫の各氏らが出版社へ抗議した、その先頭に立っていたのが古田先生でした。

1972年、ベトナム戦争のとき、「ベトナムの子どもを殺すな！　ベトナムと私の会」でも、絵本作家たちと連携し、いぬいとみこさん、久米宏一さん、田島征三さんと共に代表委員としても活動されています。

また、1980年前後、国語教科書の「おおきなかぶ」「かさこじぞう」などへの偏向攻撃の際の反論活動、そして地元東久留米の九条の会会長など、平和憲法がおびやかされかねない時代の動向を黙視されませんでした。それは、ご自身の生き方の原点ともかかわっていたのではないでしょうか。1945年8月15日の敗戦の日、17歳だったときの体験を先生は、次のように語っています。

当時ぼくは旧制専門学校の一年生、学徒勤労動員で大阪の浜寺海岸の塩づくりにきていた。ぼくたちは、松林の中で天皇の詔勅をきき、敗戦だとわかると、みんな泣いて海に入って泳ぎだした。やがて一人、ぼくは涙を流しながら海に浮いていた。神州日本が敗れたと思うと、それこそはらわたが痛んだ。

それから、日がたち、この戦争を日本がアジアを白人の侵略から解放する聖戦だと信じていたのが虚妄だとわかったとき、（略）ぼくは一体どう生きたらよいのか、わからなくなってしまった。

（略）ある日、ぼくはアンデルセンの「はだかの王様」を読んで、あっと思った。「王様ははだかだ」という子どものことばにはものの見方の根本があった。

（子どもの読書・子どもの未来を考える　古田足日・広瀬恒子対談／沖縄県子どもの本研究会主催「第39回子どもの本と児童文化講座」２００７年６月３日）

この意識が、子どもの本の書き手を目ざす要因になるとともに、戦争のおろかさを痛烈に批判する根拠ともなり、だから「九条」への熱い共感だったのでしょう。

２００７年６月、沖縄子どもの本研究会主催の「子どもと読書、子どもの未来を考える」をテーマに古田先生と対談する講座に文恵夫人とともに出かけたとき、先生は開会前、読谷村に建てられた日本国憲法九条を刻んだ不戦宣言の碑をどうしても見たいといわれ、出かけられました。そして、参加者たちに向かい「碑の前に立つことができました。うれしいことでした。じいんときました」と話されました。

幅広い視野からの提案・意見

子どもの本・九条の会立ちあげの協議をあれこれ重ねているとき、私は先生の資料整理に感心したことがあります。例えば「あのベトナムの子どもを支援する会のときは、どうだったっけ?……」とみんなの記憶がうろおぼえだと、先生は本棚からその年代のファイルをさっと取り出され正確な内容を確かめてくださるのです。

また、どういう人たちへ呼びかけていくかという話のとき、「子どものマンガ家にはどうするか?」と問われたり、会の代表はぜひ古田先生にという要請には、「この会は総合的な分野の結集であることから考えて、その代表は複数であるべきだと思うので辞退させていただく。改めて提案として子どもの本の各分野から構成したいと、ずっと思ってきました」と代表団私案を示されました。

つい近場の狭い目線で考えがちな私たちに、幅広い視野から提案される先生の意見は、貴重でもありました。

いよいよ「子どもの本・九条の会に参加しませんか」と呼びかけるにあたって、準備会を代表し先生は、2007年10月、次のようにアピールされました。

子どもの本にかかわっている私たちは子どもたちのことを考えざるを得ません。もし憲法が改悪されたならその被害をこうむるのは今の大人たちよりも子どもたちです。もし戦争になったら子どもたちは楽しみを奪われ若者の人生は花咲き実をつける前に暴力的に中断されます。第二次世界大戦中に子ども時代を送った人々の多数はその苦い経験から、戦後に生まれた人々はその歴史認識と想像力から、今と未来の子どもたちにはああいうつらい目に合わせたくないと心の底から思っています。

「九条の会」の運動はただ憲法を守ろうとするだけではなく「日本国憲法を自分のものとして選び直し」ていくという全国的な大きな市民運動です。（略）

そして「子どもの本・九条の会」は子どもの本にかかわる人々の集まりとして「子どもの本」ならではの活動をしていきたいと願っています。（略）

みなさん、ぜひこの「子どもの本・九条の会」に参加してください。そして歴史を動かしましょう。

会の方針もしだいに煮つまり、子どもの本・九条の会の「はじめの一歩」集会を東京・新宿区の歴史博物館で開いた12月2日、その開会にあたって、「自分も東久留米の九条の会をやっているうちに、九条を守ってくれるものとしての『外側』でなく自分のものとして考えるようになった」と言われ、そして、「この会では、地域の会ではできないことをやっていきたい。具体的には、韓国・中国向けにリーフレットを作りたい。日本の各地域、同人誌、読書の会で、小さな九条の会ができないだろうか。沖縄の問題も複雑だが、専門家を呼び勉強会を開いていきたい。一人の人間として不戦の哲学・不戦の思想を作りあげる糸口をこの会の中でつかみたい。今、自分たちは歴史の分かれ目に立っている。自分の力が『国の行方』『将来の子どもたちの命と平和』に関わっている」と発言されたのでした。

長編戦争児童文学刊行へのバトン

会の発足後は、体調のこともあり、直接運営にかかわるのではなく、うしろから見守っておられる形になり、最後のお仕事となった「新しい戦争児童文学」に力を注がれました。先生のお考えの中に、日本児童文学者協会は、戦争への反対声明を出すだけではなく子どもたちに具体的な作品で自分たちの気持をあらわそう、その具体的活動が「新しい戦争児童文学」委員会による「おはなしのピースウォーク」(新日本出版社)の刊行となっています。先生はこの企画とかかわり、このあとにつづく長編戦争児童文学刊行への意欲もおありだったと思います。そのバトンは若い世代に託して逝かれることになりましたが。

戦争児童文学としてご自身があたためていらした「風雲カピラ城」が未完に終わったことが残念です。

戦後70年の節目に立って

２００６年戦後60年のとき、すでに先生は平和憲法「改悪」の方向がはっきり出てきた、この問題にどう立ち向かうのか、自分自身のありようとして二つの道があるとされました。「一つは一般市民としての社会活動」「もう一つは子どもにむかってものを書くという専門的活動」として核となる「ことば」について提起されています（『母のひろば』№５００／童心社、２００６年1月15日）。

ベトナム戦争当時、日本児童文学者協会会長だった小出正吾さんの言われた「私たちは軍備なき平和を素手で守り得る人間をペンをもってつくる、次代への先の長い仕事にじっくり取り組まねばならぬ」ということばを引用され、「そのことばは、日本のアジア侵略の歴史を認識することばでもあり、また子どもの内部で自分を豊かにし、制御していくことばでもあるでしょう。ぼくはことばで『平和を素手で守り得る人間』の基礎となるものを子どもと一緒に追求していきたいと思います。ぼくたちみんなが『ことば』にだまされないように、『ことば』によって考えていきたい」と。

今、戦後70年の節目に立って、「子どもの本・九条の会」は「素手で平和を守る」叡智を集めなければならない、そのときに先生がいらっしゃらないことは、残念ですが、蒔いてくださった種を枯らさぬようにと、心をあらたにしています。

（ひろせ・つねこ）

広める・深める・つなぐ

不戦の誓いのリーダー・古田先生

子どもの本・九条の会代表団
児童文学作家・日本児童文学者協会理事長
丘 修三

2004年、梅原猛・井上ひさし・大江健三郎・小田実・奥平康弘・加藤周一・澤地久枝・鶴見俊輔・三木睦子の連名で、「九条の会」結成の呼びかけがなされました。「日本国憲法を守るという一点で手をつなぎ、『改憲』のくわだてを阻むため、一人ひとりができる、あらゆる努力を、いますぐ始めること」を訴えたのです。この呼びかけに呼応して、全国各地で地域の、あるいは、職種による「九条の会」が続々と結成されました。

2007年5月、立川で開かれた憲法集会に参集した、きどのりこ、神戸光男、丘修三の3人は、子どもの本関係者による「九条の会」を立ち上げるべきではないかと話し合いました。これより先に、「東久留米・九条の会」に参加していた、この地区に在住の作家・画家のみなさん（古田足日・田畑精一・高田桂子・茂手木千晶〈茂木ちあき〉さんたち）の間でも、同様の話が進んでいました。

その情報を伝え聞き、神戸さんが橋渡しをして、子どもの本に関わっている人たちによる「九条の会」結成に向けて、二つのグループが協同して歩むことになりました。

早速、結成のための準備会が発足しました。東京近郊在住の作家、画家、出版関係者及び読書運動関係者に声掛けして、第1回の準備会が開かれたのは、2007年5月22日でした。当日集まったのは18名。古田さんが憲法をめぐる状況と会結成の趣意を話されました。そして、活動の中味について、各自が意見を述べ、会の名称が「子どもの本・九条の会」と決まりました。

以後、数回の準備会を重ね、会の運営上の問題、規模、組織あるいは財政の問題などを話し合いました。古田さんはそのつど貴重な提案をしました。例えば、発足の会を8月に実施する方向で進んでいたとき、集会の延期を主張されました。それは、会の広がりを考え、そのための討議が十分ではないという判断でした。その結果、発足の会（初めの一歩の集会）は、4か月後に延期され、討議が重ねられました。

「子どもの本・九条の会」発足の「初めの一歩の集い」は、その年の12月2日に、新宿区歴史博物館講堂で開催されました。その会の冒頭、古田さんは「開会にあたってのアピール」を担当されました。そこでは、現状への危機意識を述べ、「この会では地域の会ではできないことをやっていきたい。例えば、韓国や中国向けのリーフレットなどの発信、専門家を呼んでの勉強会など。そして、一人の人間として、不戦の哲学・思想を創り上げる糸口をつかみたい」と抱負を語り、「一人ひとりの力が『国の行方』『未来の子どもたちの命と平和』に関わってくる。同じ志の者が初めの一歩の集会を持つことができてうれしい」と結ばれました。そのあと、神戸光男（元編集者）の経過報告、今関信子・高田桂子（作家）、和歌山静子（画家）、増山正子（読書運動関係者）のリレートークなどがあり、「子どもの本・九条の会」の会則が提案され了承されました。

＊

集いに先だって、「子どもの本・九条の会」の運営にあたる運営委員会が組織され、三十数名の会員が運営委員として名乗りをあげました。このとき、会の代表に推された古田さんは、この会の「代表」について次のような考えを提示し、いったん辞退を表明されました。

「ぼくは『子どもの本・九条の会』は総合的な分野の結集であることから考えて、その代表は複数であるべきだと考えます」

その上で、次の三点を指摘されました。そして、さらに代表団のメンバーを私案として示しました。

●この会の代表は、作家、画家、評論家、研究者、翻訳家、読書運動の人たち、出版関係者など、子どもの本の各分野からの代表で構成したいとずっと思ってきました。ただし、各分野をすべて網羅すべきだとは思いません。

●この会の代表者には、戦後、営々と現在の子どもの本の世界を築き上げてきた方々にも加わってもらったらどうかと思います。当然のことですが、女性の参加も不可欠です。

●この代表団は、対外的・社会的な「代表」と、会の実際の活動を考える両者から成り立つと考えたらどうでしょうか。だから、代表団全員に会の活動・運営に関する細部の問題をそのつど報告する必要はないと思います。

〈代表団私案〉太田大八、小宮山量平、松居直、田畑精一、猪熊葉子、松谷みよ子、広瀬恒子、工藤直子、丘修三、古田足日（順不同・敬称略）

この提案を受け、運営委員会で討議を重ねた結果、以下の12名の方々に代表団になっていただくことを依頼し、承諾をいただきました。

太田大八、小宮山量平、松居直、田畑精一、猪熊葉子、松谷みよ子、広瀬恒子、神沢利子、鳥越信、小澤俊夫、古田足日、丘修三

並行して、入会の呼びかけのチラシを作り、会員を募ったのですが、2007年の4月の段階で450名に達していました。

＊

そしていよいよ、「子どもの本・九条の会」の設立の集いが、「戦争なんか、大きらい！」と銘打って、２００８年4月20日、渋谷の東京都児童会館で開催されました。その席には12名の代表団のうち10名の方々が出席され、それぞれの思いを語ったのですが、古田さんは以下のような挨拶をされました。

「今日は、子どもの本の方々の集りですから、子どもの本の歴史のことについて、ちょっとしゃべらせていただきます」と前置きして、現代児童文学の出発が１９５９年だと考えられていること、『木かげの家の小人たち』（いぬいとみこ作）や『谷間の底から』（柴田道子作）、『だれも知らない小さな国』（佐藤さとる作）などの作品が発表され、同時に理論社が創作シリーズを出し始めたことなどを述べ、56年に松居直さんが『こどものとも』を創刊、その創刊号に載った与田凖一作『ビップとちょうちょう』のストーリーを紹介し、「このように『こどものとも』の創刊号の内容は、はっきりと平和の春をうたった作品でした。それらを受け継いで、ぼくたちは今ここにいる。この世界をもっと広げていくためには、ぜひとも憲法九条を守らなければならないと思っております。皆さん一緒に進んでいきましょう」と呼びかけをされました。

*

「子どもの本・九条の会」は、それ以後、今日まで7年の間、活動を展開してきました。その間、古田さんは体調の衰えもあって、しだいに運営委員会を休まれるようになったのですが、何か問題が生じると、古田さんに意見を求めることがたびたびありました。そして、そのつど、的確な判断と示唆に富んだ意見をいただきました。

例えば、会の活動の方向を論議していたとき、古田さんは会員の輪を広げていく、つまり、会員数を増やしていくことだけでなく、個々の会員が、憲法について、あるいは、憲法を巡る議論や周辺の動向について、学び、知ることの重要性を指摘しました。そして、それを「広める」と「深める」という平易な表現で示されました。これによって、私たちの活動の輪郭が実に明確になったことを、私は鮮やかに覚えています。そこから、発展して「つなぐ」というさらなる活動の形が見えてきたのでした。

また、古田さんはこの会の運動を、日本国内だけではなく、アジア諸国との関係でとらえていました。太平洋戦争では、300万という国民の生命を犠牲にしただけでなく、人類史上初めての広島・長崎の原爆被災を受け、国土のほとんどが焦土と化してしまいました。と同時に、中国や韓国、あるいは東南アジアの人々の多数の生命をうばい、その国土を侵犯したのです。日本国憲法九条の不戦の誓いはこれらへの反省に基づき生まれたのだということを、古田さんはいつも考えておられました。

＊

今、安倍政権が多数与党を背景に、「戦後レジームの解体」と称して、憲法改正を柱とする「強い国」造りに邁進《まいしん》しているとき、古田さんのような先見性のあるリーダーを失ってしまったことは百万の味方を失ったような、喪失感に襲われます。

でも、こんなとき、私は学生時代に出会ったインド人学生のことを思い出します。1964年、ガンディと共にインド独立に大きな役割を果したネルー首相が逝去したとき、「偉大な指導者を失って、きみの国もたいへんだなぁ」と慰めたところ、彼は笑みを浮かべてこう言ったのでした。

「なあに、次のネルーが現れるさ」

古田さんに代わる人がすぐに現れるかどうかわかりませんが、その志を学び、引き継ぐ人が必ずや現れるというインド人青年の、からっとした楽天性は、悲観的になりがちな私を励ますのです。

（おか・しゅうぞう）

8

ゼロの会

受け継ぎ学び、歩み出す

2009年3月、古田さん宅で、ご夫妻を囲んで

2004年10月、古田足日さんの作品「瑞穂の国ゼロ時間」を学び合うことからスタート。古田さんの問題提起で、文学作品や会員の作品の合評などを行う。2011年に再スタート。2014年4月には、朽木祥作品を取り上げ、最後の会となる。7月の開催予定は果たせず。

古田先生のまなざしを思い浮かべつつ、走りたい

古田塾・ゼロの会・児童文学作家
今関信子

「ゼロの会」はこうして始まった

2003年、日本児童文学者協会は、「新しい戦争児童文学」委員会を立ち上げて、具体的な作品で戦争を描こうとする試みを始めました。古田先生が委員長です。古田塾解散後も古田先生と関わりを持つ人たちは、自分たちも書きたいと願いました。

願いの中で浮かんできたのが、1967年9月から、雑誌『日本児童文学』に連載された古田足日作「瑞穂の国ゼロ時間」でした。「弘がナイフで刺されたところで続きとなっているけれど、この先はどうなるの?」「完結したら新しい戦争児童文学の姿が見えるんじゃないかしら。終わりまで読みたいねえ。」そんな思いから、2004年10月、私たちは、童心社の池田陽一さんがとっ

てくれた「瑞穂の国ゼロ時間」のコピーを抱えて、オリンピック記念青少年総合センターに集まりました。

合評の中でレポーター3人が問うたのは、ミッドウェー開戦の描き方や展開でした。敵味方がはっきりし勝ち負けが明瞭なストーリーは、問題があると知りつつ活劇を読む楽しさがあったこと、戦後日本を経験している弘に、第二次世界大戦に勝つことの意味はどれほどあったのか、歴史をやり直すことは多くの人が考えたのではないか等々、でした。初回のこのとき、この集まりの名前が「ゼロの会」と決まりました。

残念ながら、「瑞穂の国ゼロ時間」は、もらったコピーのまま未完です。今振り返ってみれば、当初の願いをもっと意識していれば、先生の完成への意欲を刺激し続けられたのかも……との思いが残ります(不遜な思いかもしれませんが)。古田塾のとき、「甲賀三郎」や「温羅伝説」「天の若彦」を合宿の度に話したように、さまざまな場面で、「ゼロ」を話題にしていれば……、と思うのです。

古田塾の合宿は、先生の立科の山荘で持たれましたが、宿泊者が塾生だけなので、他者への気兼ねがなく時間の縛りもなかったので、かなり自由に過ごすことができました。その中で物語を語り合うのですから、思いっきりイメージを膨らませました。先生はそれを面白がり、「あれから考えたことだけど……」と、翌年も、翌々年も同じところを話されたのです。時には新しい資料を見つけたと、披露なさったりしました。ゼロの会ではそれはできませんでした。

再スタートした「ゼロの会」

ゼロの会は古田先生のお宅で再スタートをします。そのときのお知らせが、左のように残っていました。このとき、先生が強く望まれたのは、若い人をメンバーにすることでした。1回目のテキストは、吉橋通夫作『風の海峡』上下巻（講談社、２０１１年）でした。戦争児童文学のさまざまなかたちを考えていらした先生のイチオシの作品でした。

私の印象では、古田塾の頃の先生は、塾生を対話者と捉えてご自身の仕事の課題を持ち出してこられていたように思います。作品を書く姿勢も、塾生と同じだったように感じました。古田塾で編もうとした「こわい花物語」のときには、「ぼくも書く」と意気込まれて、ほんとうに書こうとされていました（原稿はあがらず、この企画は消えています）。ゼロの会のスタートの頃も、先生は要の役割を担われましたが、共に学ぶ姿勢でした。再スタートの頃になると、メンバーの成長に配慮されるようになったと感じました。「話の半分も聞こえないんだよね。」と、つぶやきながらも、メンバーの個人的な状況や仕事の課題に、共感したり同情したりしながら、考えを巡らせていたように思います。古田先生は、いつも大きく捉えたものをお持ちでしたが、メンバーの課題に沿ってこれからやるべき方向を助言されました。会を閉じておいとまするとき、玄関に見送りに出られながらも、一人一

ゼロの会再スタートのお知らせ

古田先生のお宅での『現代児童文学を問い続けて』(くろしお出版、2011年）のお祝い会から、だいぶ時間がたっていますが、みなさま、お元気にお過ごしですか。先生を囲んで語りあったあの会は、豊かな交わりの中に考える種をたくさんもらった充実した集まりでした。先生は、ゼロの会のメンバーを中核にして、また勉強してもいいかなあ……と、つぶやかれました。それを聞き逃さず、一色、山口、今関のサンババは、ずうずうしく、先生の貴重な時間に割り込むことをお願いしました。
★スタートするにあたり、何をするかについて、今関と先生がやり取りしたことを、古田先生がまとめてくださいましたのでお伝えします。

●1「新しい戦争児童文学」を作り出すこと。これは、主に児文協の「新しい戦争児童文学」委員会で、やっていくことになる。それと重なり合うが、この集まりでも、心棒になるのは、次のようなことである。日本がアジア諸国への加害者、侵略者であったことの自覚。また「戦争ではこういうつらいことがありました」というだけでなく、体験の思想化。体験者、非体験者共に歴史認識による思想形成がその軸になる。『現代児童文学を問い続けて』中の「戦争体験の語り継ぎとその思想化」が作品として現れたら嬉しい。

●2「児童文学を書くとはどういうことだろう」という問題を、『現代児童文学を問い続けて』の中の同タイトルの評論で、作家の内面からの欲求、自己形成と自己表現を中心に考えた。一方、児童文学は子どもを読者とする特質を持っている。子どもは自分を楽しませ、思わずひきつけられていく作品を求めている。作者の内面からの欲求と並んで、読者という外面からの要求がある。読者をひきつける創作をどのようにして生み出すか、たとえば感覚や、文章表現の工夫など、表現の方法、技術の問題がある。

●3『現代児童文学を問い続けて』中の「人・その仕事・その課題」及び、ほかの評論で触れた児童文学者たちは、時期的にはほぼ宮川ひろで終わっている。その次の世代にはどういう人がいるのか。誰を語りたいか。参加者と共にリストアップしてみるのも面白いかも知れない。

人に声を掛けられました。私は、今のこの時を逃すまいとしているように感じました。

私たちの最後のテキストは、ロバート・ウェストール『弟の戦争』（徳間書店、1995年）、田口ランディ『被爆のマリア』（文春文庫、2006年）に決まっていました。集会は7月に持たれるはずでした。

児童文学の豊かな実りを願っておられた古田先生

私は、2014年の日本児童文学者協会総会の前日、古田先生のお宅を訪問しました。先生が亡くなられる20日ほど前になります。「今関さんはなぜ児童文学を書いているの？」と、まっすぐに質問をされました。

「来栖良夫を読んでくれないか。彼は歴史小説の分野での評価が高くて、彼の仕事の社会科学読み物の評価が埋もれていると思うんだ。『鉄砲金さわぎ』という作品は読んだ？あの作品は、夏休みの宿題の共同研究を、わいわいやりながらすすめていく子どもが描かれているんだけれど、子どものリアリティを感じるんだ。共同研究をつらぬくものが、遊びなんだよ。子どもは遊ぶんだよ。もう一つ大事なこと。子どもたちは伝説を調べていくうちに、歴史の事実を知るんだけど、そこで差別された男・鉄砲金の生き方に出会うんだよ。来栖さんは文学性だけでは描けない、社会科学読み物を描いたんだ。ぼくは、日本の児童文学は、もっと豊かになってほしいと願っている。特に評論とノンフィクションを書く人が、もっとたくさん出てほしいと思う。今関さんはノンフィクションも書いているからいうんだけど、来栖さんがやった社会科学物の方向を深めてほしいんだ。社会科学物には、科学的・論理的な認識が必要なんだよ。吉岡忍、沢木耕太郎、鎌田慧、吉村昭を読んでよ」

耳を近づけて聞いたあの言葉は、私への遺言だった……と思いつつ、先生が児童文学の世界の豊かな実りを希望していらしたことと、ノンフィクションを志す方々に、分かち持ってもらいたい思いから公表します。

おいとまするとき、7月に開かれるゼロの会のテキストを買ったと言っていました。戦争児童文学についてまとまったお話が伺えると、楽しみにしてのさよならでした。

あの訪問は、新しい長編戦争児童文学の公募に応えて書き上げた、「大久野島からのバトン」を中に置いての語らいでした。この作品が、委員会の選考を通過したとの結果を受けてからの訪問になります。先生は優しい方ですが、こと作品となると、公平で平等でそれは厳しい態度になります。新しい戦争児童文学委員会の方々と共に労を執ってくださって、完成した作品が世に出るのを期待しておられた古田先生。出版される本を、手にとってもらえないのが残念です。

古田先生、ありがとうございました。私は、学んだことを種にして、私の生活の中で育つものを見据えて、これからも書いていきます。

（いまぜき・のぶこ）

道のむこうに仰ぎ見ていた人

ゼロの会・児童文学評論家
内川朗子

ゼロの会へ参加まで

まず、なぜ私のような若輩者がこの会に参加させていただくことになったか、ということからご説明したい。

はじめの公のご縁は、古田足日さんの『学校へいく道はまよい道』（草土文化、1991年）を中心に評論を書かせていただいたことではないかと思う。学校とは何かを考える子ども、登校拒否をして学校へ戻らない選択をする子どもを肯定的に描いたこの作品は、小学校低学年から登校拒否をしていた私の心に強く残っていた。接することのできる世界が限られている子どもの頃、周りから否定されがちな自分の在り方を認め、どこかで共に考えてくれる人の存在を感じられる物語と出会った貴重さ心強さは、はかりしれない。思い返せばこの本に手を伸ばしたことこそが、おそらくいちばん最初の大きなご縁だったのだろう。それが、ほぼ初めてまとまった評論を書く動機となり、日本児童文学者協会評論新人賞に応募するきっかけともなった。この評論で2005年に同賞の佳作をいただいたことから、少しずつ児童文学に関する文章を書かせていただく機会が増えていくことにもなった。

その後「新しい戦争児童文学」委員会の集まりや、「お話のピースウォーク」シリーズ出版記念会などに参加したときに直接お目にかかり、お話をする機会にも恵まれた。また2009年には、毎月参加している児童文学評論研究会（以下、評論研）の事務局を引き継ぐことにもなった。古田足日さんはこの評論研に、1970年代の発足当時から関わっておられた。私が参加し始めた2000年代には、もう例会に出席されてはいなかったが、経験の長いメンバーから折々、お話をうかがうことがあった。

そのようないくつかのつながりはあったものの、山口節子さんを通じて児童文学の勉強会のお話を聞き、古田さんよりの参加のお声がけをいただいたときは驚きが先に立って、くわしいいきさつを訊くことも思いつかなかった。けれども、テキストがリンドグレーン『やかまし村の子どもたち』と聞いたときには、さらなるご縁を感じてもいた。子どもの頃から好きなリンドグレーンの作品のなかでも、特にひきつけられて幾度も読み返したものが「やかまし村」のシリーズだった。このシリーズは、同じ作者の『長くつ下のピッピ』

のように特別なことができる子が出てくるわけではなく、家が3軒しかないスウェーデンの小さな村の子どもたちの日常を描くリアリズムの作品だ。けっして派手さはないけれども、子どもが子どもとして過ごす毎日の喜びがあふれるこの物語の世界に、小学生の私は強く憧れていた。

古田足日さんは、小学校低中学年の子どもたちに向けた作品をとても大切に考えておられた。そしてまさにその年齢の頃の私が楽しんだ『やかまし村の子どもたち』を、日本でもこのようなものが書かれてほしい、物語の魅力を学び取りたい作品としてテキストにあげられたとうかがい、より共感と尊敬の念を深めていた。

東久留米のお宅で

2009年3月21日（土）、初めてうかがった古田さんのお宅の入口で、奥さまの文恵さんが迎えてくださった。玄関では「ねずみばあさん」の人形がこちらを見ていて、短い通路の脇にもびっしりと並んだ文庫本の棚があった。長方形の大きなテーブルのある居間も壁一面が本棚で、様々な資料に交じってリンドグレーン作品集の青い背表紙も見えた。床やテーブルの上にも積み上がった資料ひとつひとつが興味深く、つい目で追っていた。そのようななかで座った席が古田さんの真正面だった私はより緊張してしまい、この日自分が何をしゃべったのか、記憶があまりさだかではない。

しかし会ではいつも、今関信子さんがくっきりと響く声でご自身がききたいこと学んでいきたいものを率先して投げかけ会を牽引し、一色悦子さんが落ち着いて全体を見渡し必要なことを的確にまとめ、山口節子さんは緊張し気後れする私のような参加者にもきめ細かく配慮し声をかけてくださった。そして参加者の一通りの発言の後、古田さんが静かな声でご自身の意見を語られた。お話はテキストとなった作品や作者への考えが明確に整理されており、またさらに日々それを更新しておられることが伝わってきた。

その他の参加者も、ずっと物語や詩の創作、編集、評論など様々な形で児童文学に関わっている方々で、それぞれの取り組んでいる課題を意識しつつテキストを読み、意見をのべ合った。

勉強会のテーマは、常に現在の子どもや児童文学の状況を視野に入れて考えられていた。これから児童文学について考え文章を書いてゆくうえで必要なものは何かという観点が、まずあった。あるときは古田さんの評論集『現代児童文学を問い続けて』を読み合い、また別のときは吉橋通夫『風の海峡』や村中李衣『チャーシューの月』など新しい注目の作品を取り上げた。今あらためて読み直し考えたいものとして『寺村輝夫の童話に生きる全1冊』が提案されたり、阪田寛夫の詩集、来栖良夫『くろ助』、いぬいとみこ『木かげの家の小人たち』などもテキストになった。そのようなかで一度、私の評論を扱っていただいたことは本当に身に余る機会だったと言える。

2012年にはちょうど古田さんのお誕生日のある11月に会が行われ、ろうそくを立てたケーキでお祝いもした。そのようなアットホームな雰囲気の中での勉強会には、いつも文恵さんも加わってくださっていた。初めて参加した会で文恵さんが、リンドグレーン『わたしたちの島で』がお好きだと発言されたことを覚えている。おだやかなまなざしで会を見守り、時おり作品についてのご感想や、児童文学にまつわる過去のエピソードなども加えてくださった。

心残りと感謝と

そして2014年、私が毎回応募していた前述の評論新人賞でようやく入選したとき、古田さんはわざわざ山口さんに連絡し、お祝いの花束の贈り手に加わってくださったと聞いた。その大きな花束をいただいた授賞式の一週間後、今関さんからのお電話で訃報を知ったときには、ぼうぜんとするほかなかった。花束のお礼のお手紙も、はたして間に合っただろうか。入選した評論は『日本児童文学』2014年7~8月号に掲載されたらご覧いただこうと思っていたため、お目にかけないままになってしまったことが、とても悔やまれた。

ある日の帰り際、玄関口でかけてくださった「評論であれ創作であれ、あなたの書くものを楽しみにしています」という言葉が、この上なく嬉しくあたたかく耳に残っている。

思いかえせば、古田さんはいつも手を差し伸べてくださっていたのだ。でもきっとお忙しいのだから、ご迷惑かもしれないからと、遠くから仰ぎ見る思いで遠慮していたのは私の方だったのではないか。つまらないことに思えて迷っているうちにうかがえないままになっていた質問も、きっと勇気を出してお伝えしていればきちんと受け止め、見えていないこと足りないことを指摘してくださったのではないか。

こんなことを書くのは、おこがましいかもしれない。しかしその手はきっと私だけではなく、これからの児童文学に関わろうとする色々な人に差し伸べられていた手だった。ベテランの書き手にも新しい書き手にも、つねに前向きな期待と励ましを持って、メッセージを発しておられた。これまでの膨大な知の集積に加え、ご自身がさらに未知の作品や書き手を知り、既知の作品についてももっと深めようとし続けておられた。ご自身の作品も含めてよりよく発展させる方法を考え、それを分かちあおうとしておられた。そのような姿勢こそ、なにより刺激を受けるものだった。

古田足日さんは、『学校へいく道はまよい道』について触れた文章で、〈学校教育ではなく、ちがう道筋で知的成長をとげる「『今』を十分に生きる」子どもを書きたかった〉と述べている。

「『今』を十分に生きる——子どもの権利条約第三一条を中心に」
（『日本児童文学』1995年4月号所収）

引用は『現代児童文学を問い続けて』（くろしお出版、2011年）より学校教育という現在もっとも一般的といえる学びの場、同じ年齢の子どもが集まって毎日を過ごすところになじめなかった私は、はっきりと意識してはいなくても、学校とは別の「知的成長の道筋」を切実に必要とし、模索してきたのだと思う。そのなかで私にとって大きな糧となったものが、児童文学だった。

いただき得た数々のご縁を思い、あらためて古田足日さんに、そして出会い関わってくださったたくさんの方々に感謝を捧げつつ、これからもここで意識することのできた自分自身の課題に取り組み続けていきたいと思う。

（うちかわ・あきこ）

9

古田さんとの日々

厳しくてあたたかい声が聞こえる

2004年11月、愛媛県東予市へ喜寿のお祝いツアー

古田さんの初恋秘話

児童文学作家
川北亮司

昔むかし、「早大少年文学会」の大先輩で、麻雀仲間だった古田さんから、アルバイトを頼まれたことがありました。古田さんが書庫として使っていた団地の部屋の蔵書を、新居の本棚に移動させる1日仕事で、ギャラは1万円でした。

事前に古田さんがおおまかに分類した本を、必要な本と処分する本に選別する作業中のことです。

それはずいぶん古い本で、亀井勝一郎の『日本人の死』だったと思います。ぼくは黄ばんだ本を古田さんに見せました。

「これ、どうしましょうか？」

古田さんは、表紙をチラッと見てひと言。

「……いらないです」

ぼくは本に何か挟まっていないかパラパラとページをめくっ

ていて、心臓が止まりそうになりました。

その本の表3（背表紙の裏）一面に、びっしりと漢字2文字の女性の名前が書いてあったからです。恋い焦がれている古田さんの気持ちが手に取るようにわかる、20代半ばの熱く切ないイタズラ書きです。

古田さんは梅酒をちょっと飲んだだけでも、すぐに顔が赤くなります。これを見せたら、恥ずかしがって真っ赤になりそうです。いや、そんなことではありません。ご本人がすっかり忘れているものを見せて、大先輩をからかうようなことはできません。

でも、そのまま処分用のダンボール箱に入れるのも忍びなくて、ドキドキしながらもう一度本の表紙を見せました。

「ほんとに捨ててもいいんですね？」

「はい」

ということで、後ろ髪を引かれる思いでその本を処分したのでした。

それにしても、『日本人の死』という本に書かれた初恋の人の名前。古田さんはまるで、「愛」と「死」をワンセットで考えていたように思えて、妙に感心したのでした。

さて、あのとき古田さんの顔を赤くできませんでしたので、代わりに漢字2文字の初恋の人に顔を赤くしてもらいましょうか。

ね。「文恵」さん。


（かわきた・りょうじ）

ふたつの話

児童文学作家
最上一平

日本児童文学者協会のなかに「新しい戦争児童文学」委員会という集まりがあり、この会の船長が古田足日さんだとすれば、機関士は川北亮司さんだった。たまたま私はこの会に参加し、古田さんとは帰りの電車がいっしょだったため、古田さんの話を少し多めに聞けたことは幸運だった。

＊

古田さんの次のふたつの話は、川北さんに聞いたことではなかったろうか。ひとつは、古田さんが晩年入院した時のことだ。心臓の近くの血管の検査かなにかの入院だったように思う。古田さんの病室にある時、女性の看護師さんが訪ねてこられたそうだ。小さい時に古田さんの作品を読んで、ずっとファンだったそうで、本にサインをしてほしいと頼まれたのだという。その人だけでなく、看護師さん仲間では、ちょっとした話題になったそうだ。

それからもうひとつ。古田さんのお家の前の道路は、近所の保育園の散歩コースになっていたそうだ。先生が、このお家は『おしいれのぼうけん』や『ロボットカミイ』を書いた古田足日さんが住んでいるんですよ、と教えるのだそうだ。

＊

古田さんの顔を思いだすと、このふたつのエピソードが浮かんでくる。そして、なんとはなく、心の中があたたかくなる感じがする。子どもたちに愛される作品を残したことへの憧憬。

たぶん私は、古田さんのようにはなれないだろう。だが、私にもまだいくつかの作品は書けるかもしれない。ひとつひとつ精一杯書いていこう！　古田さんの追悼文を書いていて、そんなふうに思った。

（もがみ・いっぺい）

わすれられない思い出

編集者
池田春子

古田先生に最後にお目にかかったのは「伊藤英治さんを偲び語り合う会」だったかもしれません。伊藤さんの一周忌の少し前、2011年11月18日、東京・神楽坂の出版クラブでした。

逆に最初にお目にかかったのはいつでしょうか。学生時代、雪の日に国立（だったでしょうか？）で行われた「子どもを守る文化会議」（日本子どもを守る会）に母・池田夏子と出掛けたとき、駅前のおそば屋さんで幼いあかねちゃん、文恵夫人とごいっしょだった足日先生とお会いした記憶がありますが、その前にもお顔は拝見していた気がします。『ぼくらは機関車太陽号』ご執筆のときには、埼玉・浦和市郊外の荒川河川敷の取材をやはり、母と一緒にご案内したこともありました。保育士養成学校夜間部の絵本の講義にもぐり込んでお話をきいたこともあります。

*

そんな断片的な思い出ばかりで、編集者としてがっぷり組み合うお仕事をさせていただいたことはありません。ただ、ひとつだけ未遂のことがありました。とても素敵な作品をご提案いただいたことがあったのです。一時期、その作品は私の頭の中をかけめぐり、胸をどきどきさせてくれていました。でも、残念なことに、会社の定めていた印税の上限と、古田先生の自ら決めておられたラインが折り合わず、実現できませんでした。

ちょうどそのころ、当時の青島幸男都知事が、公約通り「都市博」を中止するかどうかで悩み、ニュースになっていました。

さいごに古田先生から編集長宛に、「青島都知事のように悩みましたが、やはりやめる決断をしました」というお手紙をいただいたことが忘れられません。

（いけだ・はるこ）

先生と出会ったころ

愛媛県川之江・友人
大西フジ子

『うずしお丸の少年たち』は、私たち夫婦の宝物の本でした。わが家を一歩出ると正面に本のモデルの川之江城が、振りかえると、のろしをあげるたかもんじょ山が見え、物語の中にすーっと入っていけるわが町の話なのです。

1980年の冬でした。

この日、主人は憧れの古田先生をPTA大会の講師としてお招きし、大盛会に終えることができて興奮しておりました。先生も、小学生の頃住んでいた家と、幼少期をすごしたお母さまとの原風景のある家とが、まだあるだろうかと探して何十年ぶりに歩くふるさとの道に気持ちが高ぶっているようでした。私は、先生がわが家の近くに住んでいたことを知って、うれしくなったり誇らしくなったりしてウキウキと…とっても寒い夜だったのですが、３人とも熱くなって川之江の街を歩きまわりました。先生と初めて会った日の思い出です。

それから数年後、『全集　古田足日子どもの本』の編集が始まり、幾度も川之江にいらっしゃいました。そのときに忘れられない思い出があります。１９４９年当時、先生が川之江の山の分校で教鞭をとったことがあり、そのときの教え子たちとの43年ぶりの再会です。先生には内緒にしていたので、その驚きようは大変でした。にわかには声が出ず、だんだん喜びに包まれ、教え子たちの名前も思い出してきて、顔が赤くなり震えているようでした。翌日、皆で山の学校へ行ってみました。うっそうとした木々の間にかろうじて廃校になった校舎が残っておりました。

その後、先生と共に教壇にたった西村芳重さんと尋ねたときには、校舎はなく石垣だけになっていました。「記憶という不確かなものに刻まれていた山河が歳月に晒され、昔以上に美しい秘境にもどり、いきいき輝いて言葉では言い尽せない…」と、西村さんからお礼状をいただきました。

先生のお元気なときは毎年のように、長野、島根、高知、小豆島、そして愛媛の隅々までご一緒しましたね。

「フウちゃん、また行くから車たのむよ」

そんなお声をもう一度聞きたいなあ！

（おおにし・ふじこ）

居場所をつくってくれた子規の紙芝居

えひめ紙芝居研究会のぼーる代表
佐伯美与子

正岡子規の没後100年で、墓参をする7、8人の様子をテレビ画面で見た私は、子規のことを子どもたちに知らせたいという気持ちが強く込み上げてきました。

一場面ごとに俳句をいれた紙芝居をと、構想が頭の中でふくらみます。そのことを、古田先生に話すと「面白いんじゃないか、やってごらん」。奥様も「子規は俳句の人だけじゃないよ、短歌も入れなさいね」と…。さっそく子規の紙芝居に意欲をしめしてくれた3人と絵を担当してくれる人、そして私の5人で、毎月2回勉強会を持ちながら1年がかりで、紙芝居12場面にまとめました。

先生が「面白いんじゃないか」と推してくださったのは、紙芝居そのものではなく、あの1年私が感じた、友だちと一緒に勉強する楽しさや、俳句短歌が子規の生き方にどう関わっていたかなど、知れば知るほど奥深い面白さ、それを見すえての応援だったように思います。

正岡子規の紙芝居は、演じては直しをくりかえしながら、2007年、紙芝居文化推進協議会（紙文協）の手作り紙芝居コンクールで優秀賞をいただきました。その後、愛媛県松山市が印刷し、松山市の小、中学校、図書館、公民館に配布してくれました。子規の紙芝居に引っ張られて動かざるをえなくなり、「えひめ紙芝居研究会のぼーる」をたちあげました。このとき先生は、リーダーとしてしっかり勉強しなさいと、紙芝居の本数冊送ってくださいました。先生に相談したり報告したりすると、いつもほっと安堵感を覚える私でした。

二万数千の俳句、二千五百首以上の短歌の中から、場面に関連した句を探すのは大変でしたが、先生の「よく調べたね、いいのができた」のお言葉は励みになりました。

作品に誠実に向かい合う！　お会いするたび教えられた先生の姿勢を、私も受け継ぎ伝えていきたいと思っております。

きょうは、「堀尾青史生誕百年・堀尾青史の世界から紙芝居の明日へ」というイベントを企画して、県図書の共催をもらいに行きました。夏休みは忙しくなりそうです。

先生に相談してはじめた正岡子規の紙芝居が、次々私の居場所をつくってくれます。これからも先生との思い出を道しるべに頑張ります。ありがとうございました。

（さいき・みよこ）

子どもを励ます古田作品の底力

「この本だいすきの会」事務局・元小学校教師
石﨑恵子

私が5年生を担任していたときのことです。今から20年以上も前になりますが、登校拒否の子どもと古田足日さんの作品との出会いについて忘れられないことがありました。

ある日、いじめを伴った上級生の暴力が放送室という密室の中で起きました。被害者は私のクラスの悠治。加害者は6年生の男の子3人。詳しい状況は省略しますが、明らかにいじめとして学校では対処し、謝罪もしました。ところが、加害者の担任は、学級委員もしていた3人の言い逃れを受けいれるかのような両成敗的な指導でクラスの中を収めたようでした。実は、悠治には1歳違いの姉がいて、たまたま加害者と同じクラスだったのです。彼女は、保身に終始する担任の言動に納得がいかず、これまでの諸々のことも加わって担任への不信感を募らせ、ついに登校拒否に至ってしまいました。

1週間以上も続く不登校に私も何か力になれることはないかと、1冊の本に手紙を添えて悠治に託してみました。それが『学校へいく道はまよい道』。かなり分厚い本なので果たして読んでくれるだろうかと心配でしたが、翌々日、悠治が届けてくれた彼女の手紙には、丁寧な感謝の言葉と共に、「とても面白く、ひと晩で読み通してしまいました。私が今までに読んだことがないような本でした。」と感動が書かれていて安堵しました。この作品のように、作者が真剣に子どもの「今」を考え問題提起をしている児童文学に出会ったのは初めてだったのでしょう。彼女の中で何かがはじけたように思えました。

それからしばらくして彼女は学校に来るようになって、元気に卒業していきました。「先生のおかげです。」と母親からは何度も手紙をもらいましたが、これは私の力ではなく古田さんの作品の持つ底力だと確信しています。

その後「この本だいすきの会」が創立20周年を迎え、古田足日さんに講演をしていただく機会が訪れたとき、彼女は悠治と共に参加し、初めて作者古田足日氏と対面を果たすことができました。そのとき古田さんが、「読者である子どもたちと会えて、話ができたことが何よりもうれしい」と語っておられたと聞き私も感激でした。

子どもの権利を伝え、人間として大切なことを示そうと真摯に向き合う作家を、こんなにも身近に感じることのできた幸せを改めて思います。そんな古田足日さんは、作品の中で永遠に生き、これからも私たちを導き続けてくださることでしょう。（いしざき・けいこ）

古田文学を読み聞かせでつなぐ

古田塾・秋草学園短期大学 非常勤講師
小室泰治

古田足日先生が亡くなられてから、1年が過ぎようとしています。先生の書かれた著書や塾での講義メモを改めて読み返し、その偉大さに気づかされています。

＊

私は現在、将来、保育園や幼稚園の先生を目指す学生と向き合っています。この二つの資格を得るにはそれぞれの園で2回ずつ計4回の実習をすることになります。

私は実習に行く前の学生に子どもたちとの関わりを深める方法の一つとして、絵本や幼年文学の読み聞かせを薦めています。学生からは、「どんな本を選んだらいいの」と聞かれます。

かつて私は、公立保育園と私立の保育園の先生方に、「どんな本を読み聞かせていますか」、また「どんな本を希望していますか」というようなアンケートをお願いしました。その結果、わくわくドキドキ感があるもの、時代に流されずいつまでも楽しく読めるもの、非現実的な冒険の話等でした。

特に4・5歳児になると、長編ものでも、右に述べたわくわくドキドキ感があるものにとても興味をもつようです。古田先生の書かれた『おしいれのぼうけん』について紹介すると、「読んでもらったことがある」「読んだことがある」「面白かった」と答えが返ってきます。自分が読んだり、あるいは読んでもらってわくわくしたことを、今度は「子どもたちに読んでごらん」と伝えています。

＊

教室に戻った学生に、「本の読み聞かせ、どうだった」と聞きますと、子どもたちは「し〜んとして聞いていた」「その次読んで」「面白い」「こわかった〜」などと言って、大変興味を示していたと話してくれました。学生自身も物語の伝え手として、自信に満ちた笑顔が出てきます。私自身、古田塾塾生のときに気づかなかったことですが、子どもと実習生をつなぐ「読み聞かせ」がこんなにも意味のあることなんだ、としみじみ感じているところです。

古田先生が残してくれた児童文学作品を、保育者とともに未来の子どもたちへ、つないでいきたいと思います。

（こむろ・たいじ）

子どもと共に歩むということ

古田塾
藤井照子

古田先生との出会いは、まだ独身の頃、看護師をしていた時でした。手当たり次第に、絵本や子どもの本を読み、自分でも書いていた時なので、先生の教えを請えば、よい作品が書けるのではないかという期待がありました。中には賞を頂いたり、本に掲載された作品もありましたが、長くは続きませんでした。その理由は、追求せずにはいられない性格が災いして、その後、通信制の大学で基礎から児童学を学ぶはめになり、そこから再出発して、養護教諭として教職に就くことになったからでした。スタート地点からは、はるかに跳んでしまった所に着地してしまったなあという思いです。しかし、どんなときでも、古田先生は、あの穏やかな優しい笑顔で応援し続けてくださいました。

40歳を過ぎて、初任者として赴任した学校では、週1回の朝礼で、校長が「本を100冊読もう」と、毎回スローガンのように唱え続けていました。私は、初任者として、初めはおとなしく聞いていましたが、それでは冊数を増やしたいばかりに、子どもは薄い本、すぐに読める本や絵本しか手に取らなくなる、高学年の児童には、じっくりと本に向き合う事を勧めるべきだと反論しました。その後も、体調不良で休職者が続発する職場は問題だと、校長とは真正面から対立することが多くなりました。そのため、手痛いパワハラを受けることになったのですが、そういう状況の時には、自分が未熟の故に対立してしまうのか、問題のとらえ方は間違っていないか不安にもなり、古田先生に、意見を請うたことがありました。その時、先生は、私がこれ以上にパワハラを受けては傷つくからと、私の身を案じつつ、応援してくださいました。

迷ったときには、一つの判断基準があります。「それは子どものためになっているか」という簡単なことです。その「物差し」を与えてくださったのは、古田先生です。それがあったおかげで、その「嵐の時代」を乗り越える事ができました。幸い、その後巡り合った校長や教師仲間は、尊敬できる人が多く、子どもや保護者とも、素晴らしい出会いが沢山ありました。長い物語を書く事はできませんでしたが、月々の「ほけんだより」では、私の思いを保護者に伝え続けることができました。ここまで跳んで、定年を迎えた所で、古田先生の訃報がありました。私のゆくべき道を照らし続けてくれた灯台の明かりを見失った思いです。しかし、今度は手探りでも、より明るい道しるべを、私たちが子どもたちに示していかなくてはならないと思っています。

（ふじい・てるこ）

魚の骨

古田塾
平澤幾子

追悼集ともいえる本書にはふさわしくないこのタイトル、でも、先生から頂いた宝がこの「魚の骨」。

もちろん、恩師・古田先生が食べ残した魚の骨を後生大事に持ちかえり……という話ではありません。

今から20年ほど前、離婚したばかりの私に、先生が「古田塾夏合宿の炊事係として参加しないか」と、さりげなく声を掛けてくださいました。合宿では先生から与えられたテーマで10名程の塾生が作品を発表、互いに学びあうというものでした。結婚後、児童文学の世界と疎遠になってしまった私は、白熱した皆さんの議論を緊張しながらも新鮮な思いで聴いていました。最後に古田先生からの総評——

「子どもの本だからといって、いつもハッピーエンドで終わる必要はなく、魚を食べた後で喉に骨が刺さっていつまでも気になって仕方がない、そんな作品でなくちゃいけないんだと、ぼくは思っていて……」

以来、この「魚の骨」が頭から離れません。

＊

古田先生との出会いは1965年春、東京教育専修学校での児童文学の授業でした。これまでの定説を打ち破る先生の小川未明論にショックを受け、もっと知りたい、もっと学びたいとの思いで「児童文学サークル」を立ち上げました。月一度の日曜日、先生から提示された1冊の児童書を軸に、社会のさまざまな問題に対して、〈どのように考えるべきか〉を学んでいきました。「人々が、織物のように縦と横に絡み合い、広がることで世の中は変えていける……」と、真剣に話されたこの言葉が忘れられません。

卒業後も、先生の近くに住んでいるのを幸いにご自宅に押しかけては、教育問題・憲法問題・戦前戦後の歴史認識など、私に刺さっている「魚の骨」の正体を解明してくださいました。奥様には個人的な悩みを相談し、そのつど的確なアドバイスをいただいてきました。

先生亡き今、憲法改正・原発再稼働・貧困格差拡大と、私の中の「魚の骨」はますます増えつつあります。先生から頂いた教えは私の宝物。それを頼りにこれからも「魚の骨」の正体を考え続けなければならないと、思っています。

優しい眼差しで「いくちゃん」と呼ぶ先生の声が、今でも聞こえてきます。

（ひらさわ・いくこ）

麻雀からテレビゲームまで

古田塾塾生・人形劇団員
前沢和夫

最初の出会い

今から35年ほど前、私は児童文学と絵本の合宿セミナーに参加することを趣味としていました。静岡でのセミナーのとき、例によっての前泊組はどんちゃん騒ぎ。酔った私は持参の人形で一人芝居を演じていました。すると一人の男性が寄ってきて、「古田です。君、面白いね、麻雀できる？　今メンバー足りなくてね」。気がつくと近くの雀荘で麻雀を打っていました。当時私はほとんどの作家の顔を知りませんでした。ただ、ゲーム中の会話から、「講師らしいな」くらいに思っていました。明け方、ヘロヘロになって宿に戻り爆睡。案の定、二日酔いで朝食もとらずに全体会に遅刻。講演中の古田先生を見て、「ああプロはすごいな」と感心しました。あ、壇上の田畑精一先生もメンバーでしたね。

古田塾の思い出

古田先生及び塾生の方々との日々、月1回の文化研（目白の子どもの文化研究所）での学習会、各地への合宿旅行など、みんなと過ごしたエピソードはあまりにも多くてここには書ききれません。ただいつも別れたあと、私は大きな活力にみなぎっておりました。これは、古田先生や他の塾生も同じように感じていると思います。古田塾に出会って以来、私は他のセミナーや集会に参加しなくなっていたのです。

個人的なエピソード

先生と話してて楽しいのは、分け隔てない話し方と、どんなジャンルにも食いつく貪欲な知識欲があるからです。そしてそのエネルギーは全て自分の作品に昇華することです。かつてドラクエ（任天堂のヒットゲーム）がヒットする前のことでした。先生とゲームについて話し合ったことがあります。「先生、RPGというゲームがテレビゲームになりました。麻薬性が強くて、子どもは耐え切れないかもしれない。ゲームが社会現象をひき起こすかも」「そうか、ちょっと調べてみよう」。数日後、「君、あれはすごいゲームだ。児童文化の新しい可能性かも」――先生は自ら試しているらしい。のみならず研究誌に、「文学、絵本、芝居に続いて読者参加型の分野が出来るかもしれない」と発表してしまった。先生は肯定的に捉えたのだ。ただその後、一切その話題は出てこなくなった。

恥を話す

生前、古田先生宅を訪れたとき、先生から「君、最近、仕事どう?」と聞かれた。「弟との会社が不況で、食べるのがやっとです」「……」帰路気づいた。仕事とは創作のことだ。私は古田塾を落ちこぼれた。以後恥ずかしくて、先生に会えなくなった。今は弁明の機会すらない。

（まえさわ・かずお）

私の人生の輝かしい時間

古田塾・元小学校教師
大久保せつ子

それは、偶然のことだった。ある新聞の文化欄で「子どもと文化を考える古田塾生募集」の記事を発見し、入塾条件のレポートを提出したら奇跡的に古田塾入塾を許可された。「子どもの文化研究所」で行われた会では、古田先生を中心に熱い議論がくり広げられた。国松俊英さんが塾頭で上地ちづ子さんのお世話で塾が運営され、教育以外の場で子どもの問題が話される新鮮さと視点の多様さに私は毎回わくわくして参加していた。

古田先生は言葉に対して厳しく論理的で、子どもをめぐる問題を探求し、常に問題提起をされ塾を引っ張られた。そして、誰もが自由に発言でき閉塞感強まる職場とは別世界だった。後に、立科で夏合宿まで行われることになり、同じく塾生だった的場暐子さんの別荘や古田先生の別荘で奥様も参加してくださり「子どもと文化」をめぐる討論や作家の作品の批評などの議論が、夜遅くまで続いた。教育現場で働く私にとって、古田塾で学ぶことはとても貴重なことであり、いつも子どもに対する新しい発見があり、古田塾で過ごす時間は、私には人生の中で楽しい豊かな輝かしい時間となった。

その中で、上地さんから紙芝居を作る誘いがあり『6年生はおにいちゃん』ともう1作が出版され、亡くなられた的場さんの別荘で演じたとき、古田先生はとてもうれしそうなお顔で見てくださったことにとても励まされた。上地さんはその後亡くなられたが、強い影響を受けた上地さんと優しい的場さんを忘れることはできない。

＊

古田先生は子どもの自殺に深く心を寄せられ、「原風景」について語られた。楽しい体験が一杯あれば自殺をしなかったのではないかと。先生の原風景とは「心の安らぎを感じる体験、生きている楽しさ、喜び」という言葉に表された。その思いは私の中で生き、子どもと向き合う糧となった。

3年生のK子は出会ったとき、おとなに対する不信感をあらわにし、反抗や無視の態度は9歳の子とは思えないものだった。K子の家庭は複雑な事情があり、環境が今の彼女をつくったのは明らかだった。K子に必要なのは、彼女を受け入れ、今まで経験したことのない楽しい体験をさせてあげること、優しくされる思い出を積み重ねてあげることだった。それは生やさしいことではなかったが、一緒に過ごした2年間でK子は大きく変わった。

古田先生は敗戦を体験し、聖戦と信じた悔いの中から人間の根本になる生き方を模索され、児童文学へと向かわれたことを語ってくださった。

＊

私は6年の社会科では、憲法の授業で平和、基本的人権の尊重、国民主権について子どもたちと意見を交わし合い、それらが卒業式の呼びかけに生かされ「平和を守ること」と、「国の主人公は私たち一人一人」と卒業式の日に、子どもたち自身の言葉で語られた。

また、教えた子の中に司法試験に合格し、研修生として励んでいる青年がいる。彼は、法曹界の中で平和を求め、弱者に寄り添い弱者救済を心がける人になりたいと手紙に書いてきている。

＊

古田先生にこのことを報告したいと思っていたが、その機会がないままに先生が他界されてしまい深い喪失感のなかで「宿題未提出」の気持ちを味わっている。

古田先生の言葉や著書から得たものの大きさを今噛みしめている。しかし当時の私は仕事と2人の子の子育てに追われ塾に参加するだけで精いっぱいで、問題を深く掘り下げることや、問題提起をする余裕がなかった。それでも先生は私にいつも気遣う言葉をかけてくださり笑顔で迎えてくださった。古田先生、心からの感謝を送ります。

（おおくぼ・せつこ）

打たれても響かず、だったけれど…

古田塾・ゼロの会・詩人
高木あきこ

古田塾に参加するようになったのは、当時塾の中心的メンバーだった上地ちづ子さんが、「古田先生からあなたの名前も出た」と、誘ってくれたのがきっかけだった。どんな集まりかとおそるおそる出かけて、まず驚いたのは、参加のみなさんが——若い人も！——ちゃんと自分の意見を述べること、そして古田先生が、それらを正面から受けとめ、きちんとことばを返してくださることだった。

私は学生時代から数年間、ある童謡の勉強会にせっせと通っていたのだが、そこでは先生は絶対的存在であり、生徒の発言はほとんど認められなかったので、私にとって古田塾のあり方は、新鮮でうれしいものだった。古田先生は、アイマイな発言に対して、また作品の不自然さや中途半端な文章などに対して、きちんと追及（？）なさるので、私は、思いつきや雰囲気で詩を書いていた自分の態度を振り返り、こっそり赤面した。子どもに向かって詩や文を書くということを、はじめてまじめに考えた。短編作品を提出し、先生やみなさんに批評していただいたときのあの緊張感は忘れられない。

何回か参加した夏の立科の合宿は、ほんとうに楽しかった。作品の合評と先生のお話、緑の中の散歩、にぎやかな食事……いま思うと、なんとありがたく贅沢《ぜいたく》な時間であったことか。先生の穏やかなあたたかい声、みんなのきらきらした笑顔がよみがえってくる。

ゼロの会も、私は他のみなさんに迷惑をかけるばかりの参加になってしまったが、今関信子さんが背中を押してくれて、先生と奥様にお会いしたくてお宅に伺った。私がレポーターをしたのは、阪田寛夫さんの詩についての1回だけだったが、そのとき先生は、作品のユーモアに焦点をしぼってレポートを、と言われた。古田塾でも〝笑い〟がとりあげられた記憶があるが、先生は、ユーモア、笑いについて、深く考えていらしたのだと思う。

私が先生に最後にお会いしたのは、2年以上も前のゼロの会のときだったが、その日持参した私の小さい絵本『どっきりかぞえうた　ちょっぴりこわいぞ』（リーブル、2012年）の6のところ「むっつ　むしばの　きゅうけつき……」がおかしい！と笑ってくださった。帰り、玄関でみんなを見送ってくださったときにまた「吸血鬼が虫歯になるというのは実に面白い」とにっこりされ、私はうれしくて胸が熱くなった。学生時代にはじめてお会いしてから半世紀、不勉強な私にはずっとすこし怖くて、そしてやさしい先生だった。

（たかぎ・あきこ）

瀬織を追いかけて

古田塾・ゼロの会・児童文学作家
山口節子

古田先生と出会う以前に、大学の授業で古田先生の父君、古田拡先生に出会っていました。腰にお酒の入ったひょうたんをぶら下げた、なんともユニークな先生でした。その授業にすっかり魅了されました。

その後、子育てをしながら子どもに本を読んであげているとき、古田足日先生の作品に出会いました。子どもの手が離れかけたころ、児童文学を書こうと、児童文学者協会主催・児童文学学校14期を受講し、そこで初めて古田先生に出会いました。迷わず古田先生に作品を提出しました。

ある日のこと、思いがけず古田先生から「僕の今書いている作品と似ています。古田塾に来ませんか」と声をかけられました。『今昔物語』からヒントを得て書いた日本的ファンタジーの短い作品だったのですが、その頃、先生は『甲賀三郎・根の国の物語』を構想あるいは執筆されておられたのではないかと思います。古事記、日本書紀、風土記などの古典をたくさん読まれた先生が、日本の神話世界をスケールの大きい古田ワールドに繰り広げた『根の国の物語』です。

その作品は完成をみずに終わりましたが、私の中では先生の根っこの部分を見せていただいたようで、いつまでも鈍い光りを放ち続けています。「根の国」とは何か、「黄泉の国」とは何か。草人形となって人々の罪や穢れを擦られ根の国に流されていくうつろな目の瀬織が、今も脳裏を離れません。ファンタジー研究会編『魔法のファンタジー』(てらいんく、2003年)に、「神話の呪力――甲賀三郎・根の国の物語」としてまとめさせていただきました。先生から学んだものは数知れません。また、個人的にも古田先生の病気係?として、病院めぐりや電話相談を担当しました。とにかく先生には長生きしていただきたかったのです。88歳の米寿をもう少しで迎えるところまで頑張り通してくださいました。生きようとする強い生命力を感じました。奥様の陰の力が先生の生きる力を支えておられたのだと思います。先生のお宅へ伺うたびにご夫妻は優しく迎えてくださいました。先生のお誕生日にバースデーケーキとロウソクをもって、小さかった孫のそらを連れ、童心社の池田陽一氏と共に先生のお宅を訪れたことも幾度かありました。そのときの写真が孫の宝物です。先生のことを語り始めたら思い出は尽きません。古田塾からゼロの会へと、学びの場は移っていきますが、その中心にはいつも古田先生と奥様がおられ、私たちが育つのを見守っていてくださいました。古田先生、本当に有難うございました。(やまぐち・せつこ)

妥協しないきびしさと、温かさ

児童文学作家
岡崎ひでたか

わたしは古田塾の塾生ではありませんでしたが、合宿の折に運転手役とか、幾度か側近の役割をしています。磐城でしたか、いっしょに風呂に入ったこともあります。しかし、ここに書き残したいのは、単なる思い出ではありません。先生の人間としての誠実さ、平和への執念、児童文学への想いに、心底から頭がさがった体験です。

児童文学者協会で「新しい長編戦争児童文学」の研究会がもたれたとき、先生はお身体が不自由なのに、一回も休まずタクシーで来られて、提出された長編のすべてに指導されました。

そのときの先生は、お気持ちとはうらはらに、タクシーに乗るにも、降りるにも身体が動かせず、自宅の玄関先の石段を昇るにも、降りるにも、それは、たいへんな苦労をされてのご出席でした。

その研究会では、二回も拙稿をとりあげていただきましたが、二度も先生は丹念に読まれてご意見をくださいました。その後です。2か月ほどたって、古田先生から電話がありました。

古田先生の声は、聴力障碍のわたしには聞こえません。電話は山口節子に聴いてもらいます。

『コメ戦記』、たいへん気に入ったので、じっくり読み直してみたが、いろいろ気づいたこともあり、それを伝えたい」ということでした。

わたしには驚きでした。700枚にも及ぶ長編を繰り返し読まれただけでも、先生のお身体の負担を考えると、ありがた過ぎて感激の極みでしたのに、お願いしたわけではないのに、三度めの検討を加えてくださったのです。

わたしは節子とお宅に参上しました。机上を見てはっとしました。分厚い原稿に、無数の、と言いたいほど付箋《ふせん》が貼られていました。それだけでもびっくりでしたが、その主だった数箇所をご指導くださったのです。わたしは著作を批評していただいたことはありましたが、生原稿でのご指導は初めてでした。

対面した先生のことばを補聴器で捉えようと、集中力を傾けましたが、ほとんど聞こえません。ここでも節子に通訳してもらいました。やさしいお顔にふさわしくない、とても厳しい指摘もありました。しかも返された原稿の付箋の多くに、鉛筆書きでメモされていたのです。

帰宅後ですが、付箋の判読には苦労しました。ほめてくださった箇所も少なくありませんが、予想外にたくさんの問題点を教えられました。先生のその一つ一つのことばから、何よりも、この作品の質をより高めて完成させなさい、という想いと情が、わたしの胸を打ちつづけました。亡くなられる半年ほど前のことです。

質の高い「新しい長編戦争児童文学」を世に出したい情念を、先生は亡くなるさいごまで燃やし続けられたのです。「子どもが喜んで読む作品にしてほしい」という点も強調されました。

*

その作品『コメ戦記』(仮題) は、戦後70年の今年、何としてでも出版にこぎつけたい、と願っておりましたが、おかげで新日本出版社で年内発行の予定に入れてくださることになりました。

先生のあの温顔には、声のない写真でしか接することができません。寂しい限りですが、先生のあの精神力に、わずかでも近づこうと心がける限り、先生はわたしたちの胸に、いつまでも生き続けられるでしょう。

先生、ほんとうにありがとうございました。

(おかざき・ひでたか)

古田先生からの大切な書評

古田塾・ゼロの会・児童文学作家
一色悦子

古田先生が亡くなられたあとご自宅に伺ったとき、たくさんの本に囲まれた書斎のパソコンのすぐわきに、私の初めての本『どろぼう橋わたれ』（童心社、１９８２年）と近刊『さよならのかわりにきみに書く物語——田中正造の谷中村と耕太の双葉町』（随想舎、２０１３年）が置かれてありました。半年ほど前11月26日のこの本の私の初めての出版記念会にお寄せいただいたお祝いのことばを書かれた、そのときのままのようです。

そのときいただいたことばは、おめでとうだけではなく、ずっと指針になるあたたかい書評でした。

いくつか抜書きいたします。

＊

「この作品を読むには三つのキーワードがあるのではないかと

思いました。1民衆、2考える、3ことばです。1について、いうまでもなくこの作品は『民衆』の立場に立っています。谷中村、渡良瀬遊水地、田中正造、足尾鉱毒、そして福島原発。日本の近現代史が民衆の立場から語られます。そして、作中主人公的な存在である福島県双葉町出身の耕太はこれらのことを『考える』。耕太を刺激し、考えさせるのは『ことば』です。たとえば『鉱毒』ということば。ことばは今までそれを知らなかった少年読者を刺激します。それから、田中正造の戦いの武器としてのことばがあります。」

「そして、谷中村を追われた人びとと原発汚染によって町を追われた耕太たち双葉町住民の立場がかさなりあう。」

「この作品は日本近現代史の歩みを告発する作品だが、過ぎ去った歴史ではなく足尾鉱毒、谷中村退去と福島原発事故とその被害者の現在の問題を語っている。そして日本の近現代史をつらぬく問題として『国』とはなにかという問題が提起されている。」

「この作品の特徴として理論性とでもいうものがあり、また戦う民衆というとらえかたがあると思うが、一色さんにはもうひとつの民衆のとらえ方がある。それは一色さんの最初の単行本『どろぼう橋わたれ』にはっきりと出ている。どろぼう橋とは『悪いことをした人が、その橋をわたってしまうとだれにもつかまらない。そして、いつかいい人間になって橋をわたってもどってくる』という橋である。ここには穏やかな民衆像があり、ユーモラスで暖かい。またお盆などあの世の世界に通じる雰囲気がある。本来この本が出版されたとき出版記念会をやるべきだった。この一種お線香の匂いもする民話的世界と、理論的なことばに裏付けされた『さよならのかわりにきみに書く物語』とが融合したとき、また新しい作品が生まれてくる。」

＊

最初の本から注視していただき、そして今、課題を与えられたこの最高の書評を大事にくりかえし読み、これから新しい作品を書きたいと考えています。

古田先生はこれから書いていきたいと、お釈迦様の話と、太平洋戦争の加害の問題をあげておられました。そのとき私は『子どもを抱く坂上田村麻呂』（歴史春秋社、２０１４年）を書いたところでした。坂上田村麻呂は「殺すなかれ、殺さしむるなかれ」と、清水寺をつくる開山主の延鎮に諭され、清水寺の本願主になるのです。これはお釈迦様の教えでもあります。古田先生は、強い国よりも争わない世の中を願い、変わらない消えてしまわないものをつかむためにお城を捨てたお釈迦様の話をしてくださいました。

今関信子さん、山口節子さんと私とが、自称「３人娘」を名のってもにこにこして黙認してくださった古田先生に会えなくて、ほんとうにがっかりです。

（いっしき・えつこ）

平均点はいけたでしょうか

子どもの本・九条の会
児童文学作家
茂木ちあき

古田足日さんと初めてお会いしたのは、いまから30年ほど前のことです。母親になったばかりの私は、子育てのヒントを求めて地域の保育集会や母親運動に参加し、試行錯誤していました。そこで講師としてお話されていたのが古田足日さんであり、地域の母親運動の先頭に立って活躍しておられたのが、夫人の文恵さんでした。消費税の導入が検討され始めたころの学習会で、初めて古田さんと言葉を交わしたのも、懐かしく記憶しています。

こんなこともありました。わが子たちと散歩していたときのことです。少し遠回りしていつもと違う道を通ったら、5歳くらいだった娘が一軒のお宅を指さしていうのです。「古田先生のおうち」と。「古田先生って？」と聞くと、「『おしいれのぼうけん』の古田先生でしょ」と。保育園のお散歩で先生方から教えられたようです。「知らないの？」といわんばかりの得意顔でしたが、まさしく母は、そのとき初めて古田さんのお宅を知りました。

その後、児童文学者協会に入会しましたが、仕事と子育てに追われて、古田さんと親しくお話させていただく機会は持てないままでした。子どもたちも成長し、仕事も常勤から半常勤に変わると、地域の九条の会にお誘いいただき、まもなく、「子どもの本・九条の会」をつくりたいから手伝ってほしい、といわれました。それからにわかにお話する機会がふえ、お宅にもお邪魔するようになりました。

パソコンの調子が悪いから見に来てほしい、といわれたこともありました。夕方お伺いすると奥様は買い物に出られた後で、先生がお茶を入れてくださいました。古田先生の手ずからのお茶をいただいた者は、数少ないのではないかと思います。

児童文学の偉大な先輩として、直接ご指導をいただく機会が持てなかったのは、返す返す残念でなりません。短編を読んでいただいたことはあります。「平均点はいってるね」と笑っておっしゃいました。その笑顔から、「まだまだお話にならない」とおっしゃりたいのだと直感しました。でも、古田先生に作品についてご意見をいただいたのは、後にも先にもそのときだけでした。

先生は、お訪ねすればいつでも、本に囲まれたあの部屋で、穏やかな笑顔で迎えてくださると思い込んでいました。この春、ようやく創作の単行本を発行することができましたが、先生にご意見をいただくには間に合いませんでした。でも、きっとすべてお見通しで、今もどこかで笑って見てくださっているに違いありません。

（もてぎ・ちあき）

切り抜きとともにいただいた宿題

ゼロの会・児童文学作家
守田美智子

古田先生にお会いしたのは、「新しい戦争児童文学」に、私の作品「扉を開けて」を取り上げていただいたときでした。応募作品に関する勉強会の日、先生は、最上一平さんに手をひかれ、静かに席につかれました。静かに、そう、先生は、参加者の発言に静かに耳を傾けていらっしゃいました。

その先生が、参加者の意見が出尽くしたあと、司会者から発言を求められると参加者の誰より熱くご意見を話されたのです。それは深い検証に基づくもので、静かな口調に秘められた厳しさを感じたのを覚えています。

その後、ゼロの会にお誘いいただき、勉強会に参加してからも、その印象は変わりません。自作の作品の批評をいただいたときも、諸先輩の作品を課題図書として研究するときも、先生は穏やかな口調ですが、ご自分の確かな価値観を貫かれた発言をされていました。私は、勉強会に参加するたびに、その真摯な姿勢に、自分の来し方を反省してきたように思います。

また、勉強会では奥様の発言にも感銘を受けました。奥様は、先生や他の参加者と明らかに異なる意見をおっしゃることが、度々ありました。古田先生と奥様の対等で自由な雰囲気が、ゼロの会を温かなものにしてくださり、私のように途中から参加した者をつつんでくださいました。

30枚ほどの習作を、ゼロの会で読んでいただいたことがあります。題が思いつかず、作中の主人公の言葉から「アニキ」と題した作品を、先生は丁寧に批評して、最後に、「お兄ちゃんと呼ばれていた男の子が、アニキに成長する過程が、よく書かれています」と、初心者を励ましてくださいました。その作品は、学童保育の場を舞台にしていました。勉強会では、5年生の主人公が学童保育に通うことに疑義があがり、地元で高学年も対象としていることを話しました。

勉強会から1か月が過ぎたころ、古田先生から、数枚の新聞の切り抜きが郵送されました。それは、高学年を対象とした学童保育の記事でした。「参考にして、作品を仕上げてください」とのメモがついていました。私は、まだ、あの作品を完成することができません。先生からの宿題を提出できないままになっています。先生、あの切り抜きは、今も手元にあります。私は、いくつもの宿題を先生からいただいた気がします。一つずつ、答えを見つけたらと、今、静かに思っています。


（もりた・みちこ）

北極星

ゼロの会・児童文学評論家
北村夕香

「古田足日」という名前は、見聞きしただけで、自分が問われてふと背筋が伸びるような、安心して歩き出すことができるような、不思議な感触がある。

私にとって、古田足日先生は、近代児童文学の礎を築いた歴史的作家・評論家であり、自分が敬愛する作家たちが尊敬し指針としているという少し遠い存在であった。なのに、毎年少し遅れてやってくるお年賀への返信は、「元旦」という印字の横に「本当は六日」と、先生の小さな字が添えてあったりして、なんともチャーミングで近しい感情を私に与えてくれたりもした。

「畏敬の念」というのは古田先生のためにある言葉のように思っていた。筆舌に尽くしがたい大自然の風景を前にしたときのように、私はいつも棒立ちになっているだけだった。いつかちゃんと話せるように、いつかちゃんと意見の交換ができるようになりたい。先生の前にいる私は、いつも焦っていた。だけど、先生は気長に私の言葉を待ち、そして答えてくださり、時には浅はかな私の発言にムッと黙り込むこともあり、逸らすことなく私の言葉に対峙《たいじ》してくれた。その事実だけで、私は、自分の感性を磨くことばかりに熱心で、社会への洞察や、懐疑、肯定、すべてが曖昧で脆弱《ぜいじゃく》な自分を知り、どんな討論よりも深く自分を問われたようで、怖い思いをするのだった。

一番の思い出は、後藤竜二先生を巡るエピソードだ。『12歳たちの伝説Ⅱ』（新日本出版社、2001年）が出たばかりの頃、『12歳たちの伝説』はⅠよりⅡの方が良いです。シリーズ続編がⅠ巻目より良いのはすごいことです。あまりないことです」という古田足日の言葉を、軽い気持ちで、後藤竜二先生に伝えた。すると、後藤先生は「え、その話、いつ聞いた？　どこで聞いた？　直接聞いたのか？」と、畳み掛けるように尋問し、私は、何度もそのときの様子を語らされた。子どものようにニマニマと笑って、終始上機嫌で、意外なほど素直に喜んでいる憧れの作家の姿を思い出すにつけ、古田足日先生は「北極星」のような人だったのではないかという思いを強くする。その方向を目指すとか目指さないとかではなく、日常の暗闇の中で、見上げれば、必ず、ある方向で、どんなことがあっても少しもぶれることなく、しっかりと輝いていて、自分が歩いている方向を知らせてくれる。何かに迷ったとき、今、ここにいる意味を知りたいとき、自分自身を考える指針となるような存在であったのではないか。

「古田足日」という世界観を語るには私の言葉はあまりにも弱い。いつか、ちゃんと語れる言葉を持てるよう自分の言葉を鍛えていきたいと思う。

（きたむら・ゆか）

宿題やります

「新しい戦争児童文学」委員会
児童文学作家
みおちづる

小さなころ、『おしいれのぼうけん』や『モグラ原っぱのなかまたち』を読んでいたわたしにとって、古田足日さんというのは、雲の上のような存在でした。それが山口節子さんの紹介で古田塾の合宿を見学させてもらうなんて、もう夢のようなことでした。当時のわたしは29歳、古田塾の最後の合宿でした。最初で最後のその機会、どきどきしながら古田さんの話を間近で聞き、驚きました。なんという鋭さ、知見の広さ、そして新しさ！　大ベテランの人は子どもの感覚から離れてしまっているのでは？と勝手に危惧していたわたしの予想を裏切るどころか、わたしは自分の狭小さに気づかされて、うつむいてしまいました。

その後、『ナシスの塔の物語』（ポプラ社、１９９９年）でデビューしたとき、その出版祝いパーティーに古田さんが来てくださいました。すっかり舞い上がっていたわたしは、古田さんのスピーチはほとんど覚えていません。断片的に覚えているのは、なんだかとてもほめてくださったこと。でもそれはきっと、お祝いの会だから、かなり〝上乗せ〟しておっしゃってるんだろう、と思っていました。が、その後スピーチにたった後藤竜二さんが「古田足日がこんなにほめるのを初めて聞いた」とわらいながらおっしゃったとき、古田さんというのは、けっして〝上乗せ〟しない人なのだと知り、さらに舞い上がってしまったのを覚えています。今、作家としてなんとか立っていけるようになったのは、あのときの古田さんのスピーチのおかげではないか、と思うのです。

その後、しばらくお目にかかる機会はありませんでしたが、ある日突然、電話がかかってきました。「古田です」と言われ、(え？　あの古田さん？　ど、どうしてうちに！)と動転している間もなく、今度、〈新しい戦争児童文学〉委員会というのを立ち上げたので、それに入ってくれ、という内容をとつとつとお話されました。その話も、うちの電話が古かったせいでほとんど聞き取れず、どうやらそういう用件だとわかるまでしばらくかかりました。

委員会の活動を通して、たびたびお会いする機会ができ、そのたびに驚くのは、明晰《めいせき》さがまったく衰えないこと。最後の最後まで、古田さんの発言は核心を射抜いていました。そして3月、古田さんのお宅での委員の会合でのこと。「委員は書かないのか」と問われ、「構想はあります」と答えたとき、古田さんがどこかほっとした顔をされたのを覚えています。古田さんからもらった宿題は、どうなろうとも果たさねばならないと思っています。

(みお・ちづる)

楽しめる作品として社会をどう描くか

「新しい戦争児童文学」委員会
児童文学作家
濱野京子

若い頃、児童文学への関心が薄かった私は、勉強不足で、古田足日さんの作品もほとんど読んではいませんでした。ですので、古田さんが、戦後の日本文学に果たした役割などを知るようになったのは、「新しい戦争児童文学委員会」の作品公募に応じたことで、委員会と関わりができてからでした。

初めてお姿を拝見したのは、2006年の5月、日本児童文学者協会の懇親会の日でした。その年は、ちょうど児文協設立60周年にあたっており、懇親会はとても華やかで、歌やバンド演奏もあって、どことなくお祭り的な様相を呈していました。ところが、最後に登壇された古田さんの、平和への思いが伝わる気迫のこもった熱弁は、浮かれ気分を醒まさせるに十分なものでした。

当時の私は、会社帰りにしばしば平和団体やジャーナリストなどの市民集会に足を運んでおり、関わることになったばかりの児童文学の世界に、ある種のぬるさを感じていたのですが、それが己の認識不足であったと思い至ったのは、古田さんと「新しい戦争児童文学」委員会のおかげです。

＊

その後、「子どもの本・九条の会」の立ち上げ準備に私も参加するようになり、お目にかかる機会が増えました。古田さんは、会の中心的な役割を果たされていましたが、私は、まだまだ子どもの本の世界に不慣れで、借りてきた猫のようにおとなしく、実際には、直接お話しする機会はありませんでした。

「子どもの本・九条の会」が設立されたのは、２００８年。古田さんは、その代表団のお一人となりました。遅まきながら、古田さんが児童文学界に果たされてきた役割と影響の大きさを理解しはじめていた私は、密かに、古田さんのことを、２００４年に誕生した本家「九条の会」における、鶴見俊輔さんの立ち位置になぞらえていたものでした。かねてより知の巨魁《きょかい》・鶴見俊輔さんの書物から多くを学んでいたのですが、古田さんから、なにか似たものを感じとったのだと思います。

＊

２０１３年の６月に、初めてお宅にお邪魔したときに、そのわけを得心することになりました。通された部屋の壁一面が書棚（それも蔵書のほんの一部なのですが）。そこに並ぶ多岐にわたる分野の書物に、ただただ圧倒され、訪れるたびに、あの書棚を見ることが楽しみになりました。

古田さんの家に行くことになったのは、「新しい戦争児童文学」委員会で長編作品の公募が決まったためで、私も、今度は委員の一人として関わることになり、その打ち合わせが古田さんのお宅で行われるようになったからです。

その何度目かのときでした。やや唐突に、

「委員も書かなくてはだめだ」

とおっしゃいました。以来、その言葉は、宿題として常に念頭から離れていません。この委員会の場で表明された、古田さんご自身の創作意欲が、作品として結実できなくなったことが残念でなりません。

いただいた宿題をより広い意味で捉え、児童文学作品の中に社会をどう描くか——読み物として楽しめる形で——を、自分なりの課題にして、書き続けていきたいと思います。

（はまの・きょうこ）

おしいれのぼうけん運動会

古田塾・ゼロの会
三輪ほう子

左から、古田さん、田畑さん、園長

「地域におもしろい保育園がある」と聞いて訪れたその園は、東京湾の人工造成地の高層住宅2階にあり、園庭はコーティングされた1階屋上の一部、小さなスペースだった。園庭に土はないけれど、保育者たちの発想はとても豊かで、人工のまちで、そこにある自然をフルに生かした保育をつくっていた。

新しいまちの新設園で、初めての運動会をどこでやるか——公園の芝生もいいけれど…そうだ！　もっと近くに海浜公園の砂浜があるじゃない！　砂浜で運動会をやろう！　こんなふうに始まった砂浜の運動会は、裸足に気持ちよく、転んでも痛くない砂に足を取られながらのかけっこで、順位は足の速さには関係のないどんでん返し——子どももおとなも大満足。広々とした海を背中に解放感いっぱい。そのうえ、毎年、物語運動会という仕立てとのこと。そして、その年は、なんと、「おしいれ

ねずみの姿で、おしいれから飛び出した保育士さん

のぼうけん!!」運動会。

それはすぐ、古田先生にお伝えしなくては…。古田先生ご夫妻は、保育園近くのホテルに前泊しての参加という意気込みよう。もちろん、田畑精一さんと編集者も加わったのだった。

当日朝、砂浜には、ふすまを立ててつくられたおしいれができあがっていた。そこから、園長先生扮《ふん》するねずみばあさんが登場し、ねずみになった保育士さんたちも動きまわる。子どもたちは、おしいれに入ったり、出たり…。

保育園の日常にある本の読み聞かせからイメージを共有し、園長自ら大まじめでユーモアたっぷりに、こんな遊び心いっぱいの運動会をやれるなんて…、すてきだなぁ。

ふと、私が学童保育の指導員だったときに出会った子どもたちのことを思い起こす。お昼寝前に『おしいれのぼうけん』を持ち出すと、「知ってる〜！　保育園の先生が読んでくれた！」の大合唱。何日かに分けて読むつもりだったのに、子どもたちの「もっともっと」の声に押されて、とうとう最後まで1冊読まされてしまった私は、へとへとだった。

すごいと思った。この本も、この本をつくった人たちも、そして、この本を子どもたちの国民的世代的文化にしてしまった日本の保育者・保育園も。

かれこれ30年ほど前、当時、保育園も学童保育も、今よりずっと、マイナーな存在だった。同じ小学校の子どもなのに、「学童の子は…」――校長先生はそう言って叱った。同じ小学校の敷地内にあるのに、放課後、学童保育の子が遊べる場所は、ここまでと垣根で仕切られたりしていた。カギっ子、共働き、留守家庭、母子家庭、父子家庭、欠損家庭、保育に欠ける――根拠のあるような、ないような…肩身の狭さがいつもあった。

そんな保育園っ子たちみんなが、「知ってるぅ!」といえる本があることは、どんなにうれしく誇り高いことだったろう。大塚達男さんが書いているように(古田全集第4巻)、古田先生は、また、児童文学に初めて学童保育を登場させた作家だった。「学童のことが載ってる」子どもの本が学童クラブにあることで、学童って日本中どこにでもあって、どこでも貧乏なんだ、と思えて、子どもにも親にも、ちょっぴり安心であったことだろう。そして、失意のうちに学童保育指導員として社会に出た私自身が、だれよりどれほど励まされたことか。

古田足日さんは、子どもたちに学び、その感性と論理を感じ取り、作品にしていく誠意と努力の人だと思う。そして、そのまなざしは、子ども一般という以上に、子どもたちのなかの――不安だったり自信がなかったりする存在を見逃さなかったのだと思う。

私がいちばん好きな古田作品は、『子どもを見る目を問い直す』。社会のなかで子どもをとらえるやさしさに満ちている。

(みわ・ほうこ)

終

未来へ

古田さんとあかねちゃん。
1960年ごろ、豊島区椎名町のアパート前で。
撮影：田畑精一

追悼エッセイ

古田さんのこと

童話作家
今江祥智

わたしが長らく読み込んできた花田清輝さんは、まことに歯切れの良い〝批評〟で、読む者にとっては魅力の塊——という感があった。一度だけ本物の〝講演〟を聞きにいったことがあったが、こちらの方は韜晦というか、食いいるように聞いていたつもりなのに、書かれたものとは一味も二味もちがっていた。考えながら喋り、喋りながら考えていく——といった気配が続いた。ご本人の書かれたものとご本人の喋り方との落差のような狭間に落っこちて、こちらはもがいていた——。その点、古田さんもいつだって俯き加減に低声《こごえ》で喋るものだから、初めのうちは聞きとりにくく、こちらは顔を寄せていくしかなかった。

だから、何かの会合なんかで二人で話すとなると、まるで密談でもしているかのように見えたのではなかったろうか。

それが、顔を寄せていって聞いてみれば、他愛もない冗談話だったとわかって、疲れがどっと出てくる気もちになった。

それでも、そのうち、こちらもその密談型ジョークの〝姿勢〟にも馴れてきて、同じようにやってみれば、古田さんともちゃんと話せるとわかってホッとしていた。

人それぞれに話す早さがあり、トーンもある。逆に古田さんには、こちらの早口の大阪弁が、さぞかし聞きづらいものだったにちがいない。それでも、こちらとしては、古田さんはいつだって誠実に受け答えしてくれる有難い聞き手であり、何でも率直に話せるようになっていったのが嬉しかった。

そしてその、低声の聞きづらい声で話すすべてが、児童文学の《今》についてのさまざまな危惧や思いだと分かってくると、こちらも声を落として古田流に話し込むようになり、家に戻ってから、その一つ一つを思い起こしては、遅まきながら、古田さんが危惧するところも見えてくる。古田さんの誠実さが蘇ってくる。

いつだって、今の日本の児童文学の全体像というか、その歩き方、走り方をきっちりとみてとってくれている。いろんなことで、〝先取り〟〝先読み〟が出来る人だと分かって、ようやく何でも話せるようになったかなあ……という気持ちになれた。

その頃、わたしの周辺には、川島誠さんや石井睦美さん、山下明生さんのように、児童文学の〝今〟と切り結びながら走っている若い書き手が何人かいた。こちらもそうした若手と一緒だと気勢もあがったが――古田さんと話したあとだと、逆に自分の仕事のことや、この世界のこの先のことが、また少しずつ鮮明に見えてくる――と思えるようになった。

古田さんは、若い頃からずっと、批評家の一人として、この国の新しい児童文学の動きと一緒に走っている人なのである。創作では、骨太な骨格の作品をゆっくりと書き続けながら、新しい書き手の走り方や、作品のひろげ方を、じっくりと見続けているところがみてとれた。

他人の行き詰まりを案じ、自分の逡巡《しゅんじゅん》についても、隠すところがなかった。まっ正直なお人柄、なのである。批評家であり続けながらのことだから、さぞかし精神的には、ずいぶんと疲れるところがあったにちがいない。そこをまた、出さない人でもあった。

もっとも、古田さんのそうしたところが、こちらにも分かってきたのは、付き合ってしばらくすぎてからのこと。自分に対する文句は、黙ってのみこんでしまうようなお人柄なのである。大阪弁で言わせてもろたら――《ほんまに、損な性分のお人だすんやなあ……》と、ご本人にかわってぼやきたくなろうというもの。

＊

今頃になって、あらためて古田さんが書いたエッセイや批評を読み返してみると、改めて〝大事な仲間〟、というよりも、いつだって先頭を走りながら、目配りや友情についても、行き届いたところが嬉しい。

大事なリーダー役をなくしてしまった口惜しさが、じんわりとよみがえってくる。

古田さんが低声で喋ったところはご本人の書いた文章の方を読めば明快である。遅まきながら、こちらは今頃になって、古田さんが書き続けた時評・批評の類から児童文学論の古田版が意図してきたところを読み直し、そこに書き続けられ書きこまれた児童文学への〝期待や希望〟に思いを拾い出し、耳に残っている古田節の、小さくとも鋭く、古田さんが、もう少し元気で書き続けてくれていたら、〝くっきり〟してきたにちがいない「児童文学の原像」とでもいうべきものを、自分流に、まとめてみては嘆息をついている。古田さんとは、せめてもう五年でも、せめぎ合い議論を交わしつづけたかった。

今となっては、耳許で鳴っていた古田さんの思いの深さ、口惜しさを大事に拾い上げ、こちら流にしかできないにせよ、その〝つづき〟を考え、書いていくしかないことだが……。

温厚な古田さんをもっと挑発して、その本当のしっぽでもしっかり握って放さずにおくべきであった……。合掌。


（いまえ・よしとも）

（日本児童文学者協会編集『日本児童文学』2015年1・2月号、小峰書店）

追悼エッセイ

四字熟語の時代

児童文学翻訳・研究家／青山学院大学名誉教授
神宮輝夫

鳥越君に続いて古田君が亡くなったと聞いた時、私は、ふと、「四字熟語の時代が終わった。」と思った。四字熟語とは、むろん、「鳥越古田」のことである。

鳥越君と出会ったのは1950年で、この年復刊した早大童話会の会誌「童苑」六月号に彼も私も童話をのせている。鳥越の作品は「バックミラーの人生」という作品で、バスの運転手さんが、バックミラーにうつる出来事にさまざま反応する童話でアイディアが面白いと好評だったけれど、童話会ではないある会では、バックミラーにうつるものの見方をまちがえているといわれたと、本人から聞いたおぼえがある。彼は、「童苑」に発表した創作はあまり多くなかったが、それでも一六号に難波径のペンネームで天皇制批判を主要なテーマとした一種のナンセンス物語などを掲載していた。

古田君と出会ったのも1950年だったと思う。驚くべきことに、私は、1952年の「童苑」一五号でも、古田君と一緒に創作を掲載している。この号は「クリスマスプレゼント」（古田足日）と「ねこさま」（神宮輝夫）の二作のみが掲載されている。古田君の作品は「冬がこの三階の小児結核の病室にもやって来た。毎日のように空が灰色に曇り、北側の廊下の外の、桜の葉も落ちてしまって、骸骨のような枝が空いっぱいにからみあっていた。」（九頁）という陰鬱な出だしの作品で、入り口は陰気だけれど、はじめから落ち着いた感じの文体で、クリスマス前の小児病室が立体感を持って語られていて、すでに作家を感じさせていた。

雑誌「童苑」は1953年に一九号から「少年文学」と改題した。この巻には、第二次大戦後の日本の新しい児童文学誕生の象徴のような（と、私は思っている）、『「少年文学の旗の下に」』という早大童話会の宣言が巻頭にのっている。

この「少年文学」は、しつこく言うけれど、私が所属していた早大童話会の会誌であった。だから、手前味噌気味だけれど、この会誌は戦後の一時期、なかなかに力があったと思う。いわゆる「少年文学宣言」の次の号に古田君による「象徴童話への疑い」（1）と（2）が一挙に掲載されたことで、いわゆる童話という文学世界をゆるがしたことでも、それがわかるのではと思う。

この論文は、アンデルセンの「皇帝の新しいきもの」を分析することを通じて、童話という文学の長所と弱点を指揮し、明治以来、「童話」主流で推移してきた日本の子どもの文学を、新しく、世界に通用する児童文学にしようと試みた主張の一つだった。

「皇帝の新しいきもの」論につづいて、強く記憶に残っている論文がある。それは「くもの糸」（芥川龍之介作）に関するものである。古田足日という人は、当時、作品論や文学全体についての論を組み立てる過程、あるいは執筆中に、仲間に話をして相手の反応を確かめたり、話し合ったりしていたに違いない。私は、『「くもの糸」は名作か』についての彼の考えをくわしくきいたことがある。そして、高名な作家の有名な作品に疑問を投げかけて挑んでいこうとする姿勢に、心から感動して、一生懸命に聴き入ったことを覚えている。

国文学者の片岡良一、児童文学評論の高山毅、関英雄などの論考と比較しながらまとめた『「くもの糸」は名作か』は児童文学運動誌「小さい仲間」（二七号、1957）に掲載され、後に彼の『現代児童文学論』（くろしお出版、1959）の一章となった。活気にあふれたあの出版記念会の賑わいは今もよくおぼえている。

古田君の初めての評論集は、童話伝統を克服して、近代小説を出発点とする文学の流れを児童文学のものにしようとする試みだったから、子どもの文学の世界でさまざま話題になった。発刊されたのは1959年、いまから五六年前である。今、子どもの文学を研究しようとする人たちには、なぜ未明とさよならしなくてはならなかったのかとか、『「くもの糸」は名作か』ということが、なぜ問題なのかと思うに違いない。だから、ぜひこの論文を一読していただきたい。

「戦後十年の軌跡」という章がある。この章では、その十年間に出版されて、広く知られるようになった作品に『ビルマの竪琴』（竹山道雄、1948）、『ノンちゃん雲に乗る』（石井桃子、1951）、『二十四の瞳』（壺井栄、1952）くらいしか一般の話題になっていないという現状が報告されている。しかし、古田君は、そんな現状をなげくことなく、「戦後児童文学の展望」を二回に分けて語り、「能動性、社会批判——閉鎖的であった日本児童文学は、外へ向かって拡張する方向へ、戦後進んできた。多くのこども、多くの人々のなかへ浸透していこうとするのも当然の帰結である。」と語る。

子どもの文学に関心を持つ人で、まだ未読の人は読まないと損をすると思う。新しい子どもの文学を創造しようとして悪戦苦闘した男の青春は、そうざらにあるものではない。

（じんぐう・てるお）

（日本児童文学者協会編集『日本児童文学』2015年1・2月号、小峰書店）

古田足日さんを悼む

自分で考える子どもを描く

児童文学研究者・武蔵野大学教授
宮川健郎

児童文学作家・評論家の古田足日先生が亡くなった。

古田先生は、1927年、愛媛県生まれ。戦争下で子ども時代を過ごし、天皇のために戦って死ぬと考える軍国少年として育った。敗戦のときには、死を選ぶことも考えたという。「ぼくの心の表面から、天皇が消え去った時、ぼくは生き方を失った。敗戦とはぼくにとって、根本的モラルの消滅であった」とは、「実感的道徳教育論」(64年)の言葉だ。

先生は、戦後、編入学した早稲田大で、早大童話会とその仲間、鳥越信さん、神宮輝夫さん、山中恒さんらに出会う。古田先生は、童話は、人間にとっての「原理」を語るものだという。先生のなかで、童話が天皇にかわる「原理」になっていった。

当時の若い児童文学者たちが願ったのは、子どもの文学でも、戦争や戦争を引き起こす社会を語ることだった。ところが、戦前から活躍する小川未明らの童話の詩的で象徴的な言葉でそれを語るのは難しかった。53年、早大童話会は、「少年文学宣言」を発表し、「童話精神から小説精神へ」と訴えた。

先生は、「さよなら未明」（59年）など、宣言を深める評論を書いていく。そして、心象風景を描く詩的な童話は、もっと散文的な言葉で、心のなかの景色ではなく、子どもの外側に広がっている状況を描く現代児童文学へと転換する。

60年代以降、先生は、同時に創作もした。「宿題ひきうけ株式会社」「モグラ原っぱのなかまたち」…多くの作品に、自分たちで筋道を立てて考えていく子ども像が描かれた。先生の児童文学は、現代の子どもたちに送るメッセージであるとともに、軍国少年だった自分を問い直す試みだったのかもしれない。田畑精一さんと共作の絵本「おしいれのぼうけん」では、胎内くぐりのような神話的イメージを語り、作品世界はさらに豊かになっていく。

亡くなる前の文章を読むと、先生は、この国の子どもたちの未来を案じていたと思う。それでも、告別式のときに見たお顔は安らかだった。合掌。

（みやかわ・たけお）

（『日本海新聞』２０１４年6月24日／共同通信配信で『高知新聞』『四国新聞』『秋田魁新報』にも掲載）

古田足日さんを悼む

子どもに伝え未来を守る

戦後児童文学界をリード

絵本作家
長野ヒデ子

「古田足日さんが6月8日未明、心不全で亡くなられました」と担当編集者からの報。「えっ！」。前日、古田さんらが立ち上げた「子どもの本・九条の会」の集いがあったばかり。「戦争なんかだいきらい！」「子どもの未来に憲法を」と松居直さんらの講演もあった大会の翌日でした。

古田さんが山口女子短大教授時代、福岡の講演会で初めてお会いした。私が愛媛の今治市拝志《はいし》出身と知り、古田さんは「拝志によく遊びに行った親戚のおばさんがいる」とおっしゃった。しかも私の家筋向かいの家でびっくり！　そのおばさんは、私を子ども扱いにせず友達のように接してくれた人。「私も大人になったら子どもと友達になりたい」と思ったことが私の今の創作活動の原点にもなっている。

拝志には「織田が浜」という白砂の美しい浜があり、浜から瀬戸内の島々や平市島が見える。古田さんはここを舞台に『海賊島探検株式会社』（偕成社）を書かれた。子どものころこの島を「キューピー島」と呼んだ。そういう子どもの目で物事をしっかり見極める力を古田さんはちゃんと見逃さない。この織田が浜は埋め立てられて共に嘆き、ここを舞台に絵本にと意気込んでいたのです。

古田さんの『新版・宿題ひきうけ株式会社』（理論社）の絵を私は担当した。子どもたちに、社会の仕組みを伝え、現代の子ども像がしっかりと描かれている名作だ。

「足日」（たるひ）というすばらしいお名前は言語の達人のお父様が付けられた。早稲田大在学中に早大童話会に属し、鳥越信、神宮輝夫、山中恒らが仲間で、『現代児童文学論』（くろしお出版）は戦後の児童文学界に衝撃を与えるほどの事件だった。以後、理論、評論においていつもリードされた。子どもに語ってゆくことこそ、生きる全ての原点があるとい

『新版 宿題ひきうけ株式会社』
（新・名作の愛蔵版）
古田足日 作・長野ヒデ子 絵
理論社、2001 年初版

- 理論社版『宿題ひきうけ株式会社』
  久米宏一 絵
  ジュニア・ロマンブック版 1966 年
  理論社名作の愛蔵版　1973 年
  フォア文庫版　1979 年
- 講談社文庫『宿題ひきうけ株式会社』久米宏一 絵　1977 年
- 『全集 古田足日子どもの本⑦』
  童心社、1993 年
- 『新版 宿題ひきうけ株式会社』
  久米宏一 絵
  理論社名作の愛蔵版　1996 年
  フォア文庫版　1996 年

う確信を持っておられた。この揺るぎない視点こそ真髄なのだ。

子どもたちの大好きな絵本『おしいれのぼうけん』（童心社）は、性格も、考えも違う相いれないも違う2人の子どもが「ねずみばあさん」にたちむかうため手をつなぐ。これぞ古田さんの根底にある、互いに向き合い理解し合うことこそ平和への原点という思いなのだ。

古田さんの最後の原稿は5月に出た童心社の「母のひろば」600号記念に掲載された「児童文学、三つの名言」だ。葬儀の参列者にも配られた。「戦争をできる国」に向かおうとしているとして、「愛国心教育」の悪夢。「学校教育にしばられない子どもの本・絵本のあり方」に言及。

そして「児童がすぐれた児童図書を手にすることは、全宇宙を手にすること」「それは大きな力を持っています。いまわしい戦争を止める力を持っています」という童心社の創業者村松金治さんの言葉と、児童文学者の仕事は、「軍備なき平和を素手で守り得る人間をペンをもってつくる、次世代への先の長い仕事」と小出正吾さんの言葉を紹介している。

締めくくりに「この三つの言葉をもう一度考え、子どもの本を書く、子どもと共に読む、という活動の本質を深くとらえる必要があるのではないだろうか」とあった。

私たちは古田さんの言葉を胸に刻み、伝えねば。子どもの未来を守る責任がある。

心よりご冥福をお祈りいたします。


（ながの・ひでこ）

（『愛媛新聞』2014年6月22日）

古田足日さん追悼記事

惜別

児童文学作家・評論家

古田　足日さん

200万部を超すロングセラー、『おしいれのぼうけん』の構想を練り始めたのは働き盛りの1972年。駆け出しの編集者だった酒井京子・童心社取締役会長(68)に、「作家と絵描きと編集者が三位一体となって絵本を作るべきだ」と説き、画家の田畑精一さん(83)と3人で保育園を取材した。「女性も働く時代だから、舞台は保育園に」という古田さんの発案だ。

すでに、『宿題ひきうけ株式会社』『ロボット・カミイ』『大きい1年生と小さな2年生』などで知られる売れっ子作家。田畑さんが体験入園までして描いた絵を見たときは、飛び上がって喜んだ。「知の巨人のような人なのに、赤ん坊みたいな初々しさが同居していた」と田畑さんは弔辞で偲《しの》んだ。

愛媛に生まれ、学徒勤労動員中に敗戦を迎えた。「聖戦だと信じていたのが虚妄だとわかったとき、(略)ぼくは一体どう生きたらよいのか、わからなくなってしまった。(略)ぼくは子どもをやり直そうと考えた。創作の中で軍国主義少年にならない育ち方をさぐってみるということである」とのちにつづった。

2010年6月ごろ、『全集　古田足日こどもの本』（全13巻・別巻）を編んだ故伊藤英治さんが撮影した＝遺族提供

ふるた・たるひ
6月8日死去（心不全）86歳
6月15日葬儀

子どもをやり直した「知の巨人」

早稲田大在学中に早大童話会に入り、児童文学の創作と評論を始める。子どもの心をすくい取る、わくわくする物語が身上だった。『おしいれのぼうけん』では、男の子2人が汗ばんだ手を握り合い、怖いねずみばあさんに立ち向かう。仲間と共に闘う姿は、田畑さんや松谷みよ子さん(88)らと作った「子どもの本・九条の会」に重なる。

絶筆となったエッセーで、教育基本法の改正によって盛り込まれた「愛国心教育」を憂えた。妻文恵《ふみえ》さん(84)は言う。

「最期まで子どもたちへの影響を案じていました。勇ましく、美しい言葉によって戦争へと駆り立てられた苦い経験ゆえでしょう」

（佐々波幸子）

『朝日新聞』2014年8月30日夕刊／佐々波幸子記者

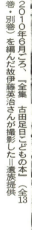

あとがき

新たな出会いとつながりを願って

「ありがとう古田足日さんの会」事務局
今関信子

古田先生の訃報が届いた後、古田先生にこんなことをしてもらった、こんな思い出がある等々、先生のお人柄がうかがえるエピソードを、いろいろな方から聞かせていただきました。先生は、細やかに心の動く人間味豊かな方だったのだ、と改めて思いました。同時に、見捨てておけない社会の問題に対して、大胆に挑み激しく行動なさっていらしたことも、私は、はっきり思い出しました。

古田先生の「前倒しの米寿の会」、したかったなあ。
私たちは、古田先生の87歳のお誕生日に合わせて、1年早い米寿の会を計画し、日程もすでに2014年11月29日に決めていました。でも、先生は、5か月早く、旅立たれました。

会は計画通り行われました。「古田足日先生を偲び、文恵夫人を励ます会」と名前を変えて――。会が終わったとき、私は、「古田先生から学んだこと、自分の中に生きていることなど、古田先生と共にあった日のこと等をまとめませんか」と、呼びかけました。

散会したとき、ばんひろこさん、みおちづるさん、三輪ほう子さんの3人が、さっそく相談を始めました。どんな本ができるかわからないままのスタートでした。本づくりの呼びかけ人代表を引き受けてくれた国松俊英さんの、「スタートしてみて、それが大きくなるのなら、それはそれでよいと思う」との言葉で、それぞれの働きを分担して動き出しました。

不慣れな私たちでしたから、見通し通りにはいきませんでした。思いがけず広がる企画に迷うこともありました。そんなときは、古田先生だったらなんとおっしゃるだろうと考えたり、古田文恵さんのさりげないひと言にヒントをいただいたりしながら、方向を定めていきました。

私たちは、この本が、古田先生が願っていた「つなげる」働きもしてほしいと思っています。先生とつながっていた人たちが、この本を通して出会い直し、さらなる活動に力強く歩き出せたらどんなにすてきだろうと思います。

今、願いは実を結ぶだろうと感じています。それは、無理なお願いを受けてくださったみなさんの、とまどいながらの私たちを見守ってくださったみなさんの、支えがあったからこそです。お力添えくださったみなさん、ありがとうございました。

この本が、多くの方々の手に届いて、古田足日先生が読者の心に、また新しく生きていきますように。

２０１５年７月　70年目の８月を前に

古田足日 略年譜

作成●「ありがとう古田さんの会」事務局

年（年齢）	個人史・著作等（●＝単行本の出版）	文学関係の活動（児童文学者協会等）	社会的活動・古田塾等
1927（0歳）	11月29日、愛媛県宇摩郡川之江町で生まれる。父・拡、母・アサヱの第三子。父の命名による「足日」の出典は「出雲国造神賀詞」。		
1934（7歳）	川之江尋常高等小学校入学。小学校時代は「いじめられっこの優等生」。		
1937（10歳）	父が愛媛師範学校の教諭兼小学校主事となり、翌年の2学期半ばまで温泉郡道後湯之町で過ごす。		
1940（13歳）	愛媛県立三島中学校（旧制）へ入学。校風により、陸軍士官学校や海軍兵学校への進学を最上とする。		
1941（14歳）太平洋戦争勃発	父が北京師範大学に単身赴任したため、家族は（現）東予市に転居。三島中学校から西条中学校へ転校する。		
1943（16歳）	級友は学徒勤労動員で工場に行くが、病気療養により参加できなかった。このため特攻隊に血書で志願したが受け入れられず。		
1944（17歳）	松山高等学校を受験するが、「学業成績上の上、勤労成績下の下、総合中の下」の理由で失敗。		
1945（18歳）敗戦	大阪外事専門学校ロシア語科（現・大阪大学外国語学部）入学。学徒勤労動員で大阪浜寺の海岸へ行った翌日、敗戦。		

年（年齢）	個人史・著作等（●＝単行本の出版）	文学関係の活動（児童文学者協会等）	社会的活動・古田塾等
1949〜1950（22〜23歳）	大阪外国語大学を中退し、早稲田大学露文科2年編入。しかし、休学して故郷の中学校の代用教員となるが、1学期間で結核のため休職、そのまま退職。愛媛県の民話風創作「ちきりが淵」が『少女クラブ』8月号に掲載。初めて原稿料を手にする。		
1951（24歳）	早大露文科に復学し、早大童話会に入り、鳥越信、神宮輝夫、山中恒、鈴木実らを知る。秋に結核が再発・入院。翌年退院。		
1953（26歳）	早大童話会機関誌『童苑』を『少年文学』に改題し、その巻頭にいわゆる〈少年文学宣言〉を発表する。その草案討論の主要メンバーとして参加。9月、早大中退。 斉藤文恵と結婚、東京・杉並区南荻窪に住む。妻の協力を得ながら〈少年文学宣言〉を深めるため、児童文学評論を書きはじめる。この秋、鈴木実と山形市の須藤克三をたずねる。		
1954（27歳）	6月、鳥越、神宮、山中らと〈小さい仲間の会〉を結成し、同人誌『小さい仲間』を創刊。		
1955（28歳）		児童文学者協会常任理事となる。	
1956（29歳）		児童文学者協会事務局に勤務。『日本児童文学』3月号より編集委員となり、4〜9月号編集長となる。	
1958（31歳）	『小さい仲間』終刊。 7月、児童文学の「不振・停滞」を打破すべく、児童文学実験集団を発足。		

1959(32歳)	●『現代児童文学論』(くろしお出版) ●『拳銃王』(絵・荻山春雄／金の星社／のちに『保安官ワイアット・アープ』に改題)	日本児童文学者協会事務局を退職。	
1960(33歳) 安保条約改定	娘・あかね誕生。 『現代児童文学論』により児童文学者協会児童文学新人賞受賞。 6月、豊島区椎名町のアパートに移り、田畑精一と出会う。		安保反対闘争に参加する。
1961(34歳)	●『ぬすまれた町』(絵・久米宏一／理論社) 連載「風雲カピラ城」『日本児童文学』61号～(未完)。 東京教育専修学校の非常勤講師として児童文学を担当。	日本児童文学者協会賞の選考委員となる(1年のみ)。	
1962(35歳)	●『うずしお丸の少年たち』(絵・久米宏一／講談社)		
1964(37歳)	●『コロンブス』(絵・滝平二郎・久米宏一／三十書房)		
1965(38歳)	東京・東久留米市に転居。 ●『とよとみひでよし』(絵・斎藤博之／小峰書店) ●『かえるむすめ』(絵・久米宏一／盛光社) ●『児童文学の思想』(牧書店)		
1966(39歳)	娘・あかね小学校入学。 ●『宿題ひきうけ株式会社』(絵・久米宏一／理論社) ●『菊のやくそく』(絵・市川禎男／小峰書店) ●『くいしんぼうのロボット』(絵・田畑精一／小峰書店)	児文協事業部長になる。(次年度からはじまる夏季講習会を計画する)	
1967(40歳)	『宿題ひきうけ株式会社』によって日本児童文学者協会賞受賞。 ●『モンゴル来たる・太平記物語』(滝口康彦共著　絵・富賀正俊／学習研究社) ●『月の上のガラスの町』(絵・鈴木義治／盛光社) 連載「瑞穂の国ゼロ時間」『日本児童文学』130号～(未完)。	8月、児文協主催「第1回言語教育と幼児童話夏季講習会」を企画運営。 児文協「児童文学セミナー」の講師となる。 10月、代田昇らと〈日本子どもの本研究会〉創立に参加。	「ベトナムの子どもを支援する会」に参加。

年（年齢）	個人史・著作等（●＝単行本の出版）	文学関係の活動（児童文学者協会等）	社会的活動・古田塾等
1968（41歳）	東久留米市滝山に転居。 ●『忍術らくだい生』（絵・田島征三／理論社） ●『モグラ原っぱのなかまたち』（絵・田畑精一／あかね書房） ●紙芝居『ロボット・ロボののぼりぼう』（絵・田畑精一／童心社）	〈日本子どもの本研究会〉で、連続講座（～69年）の講師となる。	3月『少年サンデー』の〈「あかつき戦闘隊」大懸賞〉問題が起こり、抗議行動に参加。
1969（42歳）	『日本児童文学』8月号の現代作家論で、今西祐行・古田足日・松谷みよ子特集号が組まれる。 ●『れいぞうこロボット』（絵・田畑精一／盛光社） ●『水の上のタケル』（絵・田畑精一／偕成社） ●『インカ帝国のさいご』（絵・久米宏一／岩崎書店） ●紙芝居『せかい一大きなケーキ』（絵・田畑精一／童心社） ●『父が語る太平洋戦争 全3巻』来栖良夫・堀尾青史と共編／童心社	講談社児童文学新人賞の選考委員となる（87年まで）。 「北川千代賞」の選考委員となる（73年まで）。 〈日本子どもの本研究会〉で、夏の「全国子どもの本と児童文化の講座」の講師となる（71年まで）。	
1970（43歳）	●『ぽんこつロボット』（絵・田畑精一／岩崎書店） ●『ロボット・カミイ』（絵・堀内誠一／福音館書店） ●『大きい1年生と小さな2年生』（絵・中山正美／偕成社） ●『せかいいちおおきなケーキ』（絵・田畑精一／小峰書店） ●『まちがいカレンダー』（絵・田畑精一／国土社） ●『海賊島探検株式会社』（絵・斎藤博之／毎日新聞社） ●紙芝居『ロボット・カミイ ちびぞうのまき』（絵・田畑精一／童心社） ●『児童文学の旗』（理論社）	「学研児童文学賞」フィクション部門の選考委員となる（73年廃止）。	
1971（44歳）	田無市に転居。 東京女子大学の非常勤講師（児童文学担当）になる（76年まで）。また、宮城教育大学の非常勤講師（児童文学担当）となる。 ●『わたしの太閤記 千成びょうたん』（絵・田島征三／童心社） ●『雲取谷の少年忍者』（絵・梶山俊夫／学習研究社） ●『夏子先生とゴイサギ・ボーイズ』（絵・田畑精一／大日本図書） ●紙芝居『ロボット・カミイ げきあそびのまき』（絵・田畑精一／童心社）	この年から使用の小学校教科書（日本書籍）編集委員となる。 〈日本子どもの本研究会〉の会員のためのゼミナールで、連続6回の講義をする。	

1972（45歳）	●『荒野の三兄弟』（絵・小林与志／金の星社） ●『ぼくらは機関車太陽号』（絵・久米宏一／新日本出版社） ●紙芝居『ロボット・カミイ おみせやさんごっこのまき』（絵・田畑精一／童心社）		「ベトナムの子どもを殺すな！ ベトナムと私の会」発足。いぬいとみこ、久米宏一、田島征三とともに代表委員。
1973（46歳）		『月刊絵本』創刊。編集委員となり、「創作絵本新人賞」の選考委員となる（78年まで）。 11月、東久留米市図書館運営委員会発足、運営委員となる。	
1974（47歳）	●『さくらんぼクラブのおばけ大会』（絵・長谷川知子／偕成社） ●『ねこねここねこおまえはどこだ』（絵・長谷川知子／童心社） ●『おしいれのぼうけん』（田畑精一と共作／童心社） ●紙芝居『ロボット・カミイ ロボットのくにへかえるのまき』（絵・田畑精一／童心社）	「日本児童文学者協会賞」選考委員となる（76年まで）。 『日本児童文学』（11月号～77年2月号）編集長。 絵本の学校の講師。 第1期批評・評論教室を企画。	
1975（48歳）		第2期批評・評論教室開催。ここから「児童文学評論研究会」がはじまる。	
1976（49歳）	山口女子大学児童文化学科教授となり単身赴任。山口親子劇場代表委員となり、赴任先の自宅で「おしいれ文庫」を開く。	子どもの文化研究所所員会議で問題提起。	
1977（50歳）	東久留米市前沢へ転居。 連載「甲賀三郎・根の国の冒険」『教育研究』4号他（未完）。		
1978（51歳）	●『ダンプえんちょうやっつけた』（田畑精一と共作／童心社）		

年（年齢）	個人史・著作等（●＝単行本の出版）	文学関係の活動（児童文学者協会等）	社会的活動・古田塾等
1979（52歳）	山口女子大学附属幼稚園園長を兼任。 『日本児童文学』11月号で〈古田足日の世界〉を特集する。	東久留米市立中央図書館開館時の講演を行う。	
1980（53歳）	山口女子大教授を辞して、非常勤講師となり帰京。 ●『さくらんぼクラブにクロがきた』（絵・長谷川知子／岩崎書店）	〈大阪国際児童文学館を育てる会〉設立メンバーとなり、同館支援活動をはじめる。	
1981（54歳）	●『現代日本児童文学への視点』（理論社） ●『国語教科書攻撃と児童文学』編著（青木書店）、検定合格済み国語教科書への攻撃に反論するため、安藤美紀夫、鳥越信、来栖良夫と編集・出版。	〈児童文学批評の会〉を発足させ、季刊『児童文学批評』創刊（83年6号で終刊）。	2月、東久留米市立図書館、読書講演会「東久留米を舞台とした私の作品」。 5月、〈古田足日児童文学塾〉を開く。
1982（55歳）	娘・あかね大学卒業。 4月、東京大学教育学部の非常勤講師（児童文学担当）となる（9月まで）。 ●『ロボット・ロボのぼりぼう』（絵・田畑精一／童心社） ●『講座・現代教育学の理論第2巻』（共著／青木書店）に「子どもと文化」を執筆。	子どもの文化研究所〈子どもと文化研究会（古田研）〉発足。 児文協事業部部長になる（このとき、「夏のゼミナール」から「サマースクール」へ）。	「核戦争の危機を訴える文学者の声明」に参加する。
1983（56歳）	これまでの講演内容は主に児童文学であったが、このころから子どもと文化に関する内容が多くなる。	「日本児童文学者協会賞」の選考委員となる（85年まで）。	
1985（58歳）	父・拡逝去。	「須藤克三記念北の児童文学賞」の選考委員となる（00年まで）。	
1986（59歳）	腱鞘《けんしょう》炎悪化し、手術。以降、購入したワープロによる執筆となる。 娘・あかね結婚。 JBBY日本大会分科会の発言者を務める。	「日本児童文学者協会新人賞」の選考委員となる（88年まで）。	子どもの文化研究所にて、田中孝彦・寺内定夫・汐見稔幸と研究会をもつ。

年	作品	活動	その他
1987（60歳）	初孫・花音誕生。禁煙はじめる。 ●『へび山のあい子――赤い矢と青いほのおの物語』（絵・田畑精一／童心社） ●『子どもを見る目を問い直す』（童心社）	第2次『季刊児童文学批評』を創刊（第5号で終刊）。	〈NEW古田塾〉開始、「60才おめでとうおたんじょう会」を開く。
1988（61歳）	母・アサヱ逝去。 ●『犬散歩めんきょしょう』（絵・岡本順／偕成社）	「野間児童文芸賞」の選考委員となる。 〈日本子どもの本研究会〉子どもの本全国研究集会で講演。 〈この本だいすきの会〉年の暮れ集会初参加。	
1989（62歳）		日中児童文学美術交流センターが創立、副会長になる。 「日本児童文学者協会賞」選考委員となる（91年まで）。	
1990（63歳）	1月、文恵、子宮がん手術。 8月、半蔵門病院で足の血管の手術。 ●『コロンブス物語』（「コロンブス」を改稿／童心社）	やまがた児童文学塾の講師。	
1991（64歳）	●『学校へいく道はまよい道』（絵・土田義晴／草土文化）		
1992（65歳）	●『だんち5階がぼくのうち』（絵・田畑精一／童心社）	2月、東久留米地域文庫親子読書連絡会にて講演。 3月、松山市図書館で講演。9月、東予市の多賀公民館で講演。	
1993（66歳）	●『ぼくのたからもの』（絵・岡本順／あかね書房） ●『全集 古田足日子どもの本』全13巻・別巻（童心社） ●『ともだちいっぱいぐみのきようちえん』（絵・駒井啓子／福武書店） 		
1995（68歳）	●『月の上のつよがりロボット』（絵・ヒロナガシンイチ／あかね書房）		
1996（69歳）	●『児童文化とは何か（日本児童文化史叢書7）』（久山社） ●新版『宿題ひきうけ株式会社』（理論社）、一部訂正して刊行。		

年（年齢）	個人史・著作等（●＝単行本の出版）	文学関係の活動（児童文学者協会等）	社会的活動・古田塾等
1997（70歳）	●『子どもと文化（日本児童文化史叢書16）』（久山社） 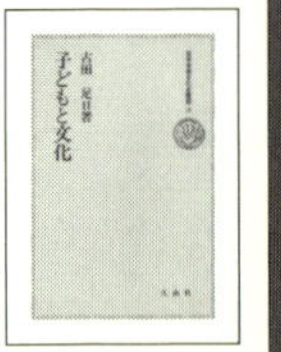 	日本児童文学者協会会長に就任（01年度まで）。〈この本だいすきの会〉にて記念講演。	「子どもの文化学校」学校長を退任（95年から）。
1998（71歳）			家永教科書裁判を引き継ぐ「子どもと教科書全国ネット21」の結成呼びかけ人となる。
1999（72歳）		児文協「プロジェクト〈子どもと本〉」を提案、発足させる。研究誌『別冊子どもの文化』編集長となり、創刊の辞を執筆。	夏合宿を最後に古田塾終了。
2000（73歳）	1月、愛媛新聞賞受賞。	〈この本だいすきの会〉にて記念講演。	少年法改正法案への慎重審議を求める緊急声明に賛同。
2001（74歳）	●『さくらさひめの大しごと』（絵・福田岩緒／童心社）  	表現の自由を規制する個人情報保護法に反対する共同アピールに賛同。	緊急アピール「アフガニスタンの子どもたちに平和と希望を」に、呼びかけ人として参加。

2002(75歳)	9月、文恵・広瀬恒子・今関信子他と、台湾へ、生涯唯一の外国旅行。故宮博物院、書店の児童書コーナー、保育園などを見学。 ●『ひみつのやくそく』(絵・遠藤てるよ/ポプラ社) ●『代田昇遺稿・追悼集 読書運動とともに——子どもたちに読書のよろこびを』(ポプラ社)編集委員代表。 	〈この本だいすきの会〉創立20周年記念の集いにて記念講演。 東久留米地域文庫親子読書連絡会にて講演「作品舞台としてのまち」。高田桂子とともに。	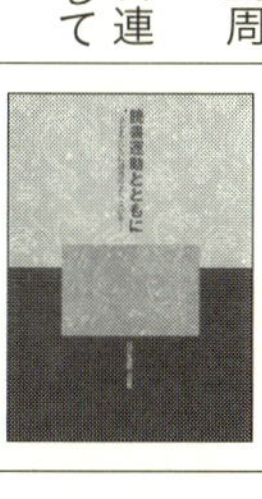
2003(76歳)	5月、文恵・山口節子、一色悦子、今関信子と、吉備路旅行。 ●『子どもと本の明日——魅力ある児童文学を探る』(編集代表/新日本出版社)		8月、大阪国際子どもの本研究センターにて、鳥越信・神戸光男さんとてい談。
2004(77歳)	5月、文恵・佐伯美与子・大西フジ子と出雲路旅行。 ●『わたしたちのアジア・太平洋戦争 全3巻』(米田佐代子・西山利佳共編/童心社) ●『日本児童文学を斬る〈鼎談/古田足日・鳥越信・神戸光男〉』(NPO法人国際子どもの本研究センター編/せせらぎ出版) 	児文協内に「新しい戦争児童文学」委員会創設。原稿募集や研究会をはじめる。	〈ゼロの会〉はじまる。 愛媛県東予市で喜寿の祝い。
2005(78歳)	フジテレビで「ちびくろさんぼ」問題について、古田の意見を放映。	「新しい戦争児童文学」の書籍刊行をめざして取り組む。 〈日本子どもの本研究会〉子どもの本全国研究集会で講演。 やまがた文学祭・「子どもの本と児童文化のつどい」で、今関信子と対談。	東久留米「九条の会」設立に参加。 憲法9条改正反対の意見広告に呼びかけ人として参加。 公立学校での「日の丸・君が代」強制に抗議し教職員処分の撤回を求める共同アピールに賛同。
2006(79歳)	娘・あかね一家とともに家族で愛媛旅行。その後、夫婦で小豆島にも旅行する。 ●「おはなしのピースウォーク」シリーズ(全6巻・新日本出版社)刊行。「はじめの発言」を執筆。	〈日本子どもの本研究会〉子どもの本全国研究集会で講演。	教育基本法「改悪」反対アピールに、呼びかけ人として参加。

年（年齢）	個人史・著作等（●＝単行本の出版）	文学関係の活動（児童文学者協会等）	社会的活動・古田塾等
2007（80歳）	東大病院にて心臓のカテーテル手術を受ける。 ●「あずりこずり 山のおんごく」（共著、小学館辞典編集部『私の好きなお国ことば』小学館）  	〈おはなしのピースウォーク〉シリーズ第2期全3巻の刊行が決まり、作品募集をする。 沖縄県子どもの本研究会主催講座にて、広瀬恒子と対談。	「子どもの本・九条の会」呼びかけ人となり、開会アピールをする。 新宿中村屋で、傘寿の会。
2008（81歳）	「おはなしのピースウォーク朗読CD（3枚組）」（制作・ふらここ）発売。1枚目に、自身の朗読で「はじめの発言」を収録。	〈おはなしのピースウォーク〉原画展にて講演。〈長編〉を検討しはじめる。 第400回児童文学評論研究会にて講演。	「子どもの本・九条の会」設立の集いに、代表団として挨拶する。
2009（82歳）	3月、脳梗塞となり、左側が見えなくなるが、6月には、薬持参で麻雀。	東久留米地域文庫親子読書連絡会にて、講演。 子どもの文化研究所にて講演、『新しい戦争児童文学』の可能性」	言論・表現の自由の実現を目指す声明に賛同し、コメントを寄せる。 〈ゼロの会〉に出席。
2010（83歳）	後藤竜二急逝。偲ぶ会で弔辞を読む。		「子ども・子育て新システム」に反対し、日本の保育・子育てをよくするためのアピールに、呼びかけ人として参加。
2011（84歳）	東日本大震災で、書斎で本の下敷きになる。おでこにすこし出血。 ●『子どもの読書・子どもの未来を考える――古田足日・広瀬恒子対談録』（編集・発行／沖縄県子どもの本研究会・親子読書地域文庫全国連絡会） ●『現代児童文学を問い続けて』（くろしお出版）  	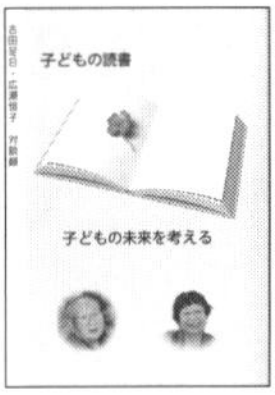 	原発ゼロをめざす7・2緊急行動に賛同、メッセージを寄せる。 「大阪府教育基本条例案に反対するアピール」に賛同。 〈NEWゼロの会〉はじまる。

2012（85歳）	『おしいれのぼうけん』200万部記念の会に出席。	「新しい戦争児童文学」委員会活動再開について、川北亮司、西山利佳と話し合う。	
2013（86歳）		武蔵小金井にて「新しい戦争児童文学」委員会・研究会に出席。	「3・11メモリアルアクション原発のない新しい福井へ」にメッセージ。 高校教科書採択妨害問題のアピールに、賛同呼びかけ人として参加。
2014	「児童文学、三つの名言」（『母のひろば』600号、童心社）、絶筆となる。 6月8日、自宅にて死去。 告別式は6月15日、多摩葬祭場・日華斎場にて、無宗教で行われた。葬儀委員長は田畑精一。	3月、自宅にて「新しい〈長編〉戦争児童文学」応募の選考会議。 子どもの本関連各誌にて、古田足日追悼特集を掲載。 （『子どもの本棚』10月号 『子どもと読書』11・12月号 『子どもの文化』12月号 『もんぺの子』121号 紙芝居文化の会会報24号など）。	教科書採択への不当な政治的介入をやめさせ、子どもにとってもっともふさわしい教科書を教員が選べるようにすることを広く訴えるアピールに、呼びかけ人として参加。 3月、最後の〈ゼロの会〉出席となる。
2015		『日本児童文学』1・2月号で、「特集 追悼 古田足日」。	

参考資料

上地ちづ子作成年譜（「古田足日さん60才おめでとう おたんじょう会」パンフレット所収）
『全集 古田足日子どもの本』別巻
『日本子どもの本研究会 30年の歩み』
『この本だいすきの会30年史』

●年譜作成にご協力いただいた古田文恵、石﨑恵子、代田知子、西山利佳、広瀬恒子、藤田のぼる、子どもの文化研究所、東久留米市立中央図書館ほかのみなさまに、お礼申し上げます。

ありがとう古田足日さんの会

● **呼びかけ人**

国松俊英、池田陽一、西山利佳、広瀬恒子、山口節子

● **事務局**

今関信子、ばんひろこ、みおちづる、三輪ほう子

● **写真提供**

古田文恵、伊藤英治、鈴木 圭、小室泰治
長谷総明、池田陽一、三輪ほう子、田畑精一

●**イラスト**　古田文恵
●**カバーデザイン**　田畑精一
●**本文デザイン・DTP**　青山 鮎

古田足日さんからのバトン

ホタルブクロ咲くころに

2015年8月15日　第1刷発行

編者　　ありがとう古田足日さんの会 ⓒ

発行者　竹村正治
発行所　株式会社　かもがわ出版
〒602-8119　京都市上京区堀川通出水西入
TEL 075-432-2868　FAX 075-432-2869
振替　01010-5-12436
ホームページ　http://www.kamogawa.co.jp
印刷所　シナノ書籍印刷株式会社

ISBN 978-4-7803-0774-0　C0095